黃易

日月當空

卷十五

目次

第一章　戰神圖錄

武曌道：「燕飛當年最受爭議的事，是與其時被譽為北方第一高手慕容垂的決戰，一招定勝負，慕容垂不單被擊倒地上，還在地上翻滾了一陣子，才能重新站起來，手上精鐵打製的北霸槍，只剩下小半截，令他不但輸掉與拓跋珪和荒人的戰爭，後來還因此傷復發而喪命，將北方的天下唾手讓給拓跋珪。此爲燕人的奇恥大辱，故而事後沒有人肯提起或談論，只有荒人津津樂道，而外人則認爲荒人誇大渲染。」

龍鷹咋舌道：「只剩下小半截鐵槍，眞誇大！」

武曌道：「依荒人的說法，他們曾在戰場上搜尋慕容垂斷去的那截鐵槍，好帶回邊荒集做戰利品，竟然遍尋不獲。」

龍鷹難以置信的道：「怎可能找不到？」

武曌凝視他好一陣子，歎道：「以邪帝的聰明才智，又清楚仙門的事，仍有如此反應，難怪當時我聖門的人，亦認爲是荒人誇大了。」

龍鷹沉吟道：「決戰是在怎樣的情況下進行？」

武曌輕描淡寫的道：「是在兩軍相持不下時，拓跋珪親自出口代燕飛向慕容垂挑戰，決戰就在以萬計的戰士眼前進行。」

龍鷹失聲道：「那竟沒人看到燕飛如何斬斷慕容垂的北霸槍嗎？怎會有事後遍尋不獲的情況？」

武曌道：「依荒人的說法，的確沒有人看見。」

龍鷹愕然以對。

武曌一雙鳳目現出嚮往的神色，緩緩道：「我們有關這方面的資料，是派人到邊荒集去聽說書得回來的，據說書者的描述，當時天已入黑，在雙方同意下，於兩軍間以燃燒的火炬圍出決戰的場地，而當槍劍交擊的一刻，火炬熄滅，兩人沒入任何夜眼亦不起作用的絕對黑暗中，然後現出閃電般的烈芒，傳出雷鳴聲。接著就是決戰的結果，兩大高手同時往外拋飛，燕飛著地後踉蹌幾步才立穩，慕容垂卻似斷線風箏般拋擲，落地後翻滾十多轉始能跳起來，拿著半截的槍。」

龍鷹動容道：「『破碎虛空』？我的娘！燕飛竟眞的練成了『破碎虛空』，那豈非隨時可破空而去嗎？」

又沉吟道：「會否眞的被荒人誇大了呢？說書者總是語不驚人死不休。」

武曌道：「你說的，正是其時聖門中人的想法，且已成爲他們的結論，沒有人肯花時間去思考這件事。如果不是有盧循轉世爲席遙，又向你透露仙門的事，此事將永遠湮沒無聞。」

見到龍鷹眉頭大皺，武曌笑道：「說書者言，當然算不上是眞憑實據。」

龍鷹大訝道：「竟還另有證據？」

武曌悠然神往的道：「燕飛成爲了我們當時霸業的最大障礙，在沒有選擇下，我們派出三位元老級的高手，於他赴海南與孫恩決戰的途上截擊他。此三人在聖門內均有宗師級的地位，並抱有不惜犧牲之心，如此陣容，可謂強絕一時。可是他們卻失敗了，且是全軍覆沒，自此聖門再不敢派人暗算他。」

龍鷹曾聽法明說過此事，可見此事對魔門的震撼力。從這件事看出聖門爲求成功，不擇手段的作風，因爲只要令燕飛負傷，他便大有可能喪命於孫恩之手。武曌只是將魔門那一套，搬到宮廷裡來。

武曌道：「我說的眞憑實據，是因有親眼目擊整場戰鬥的人。」

龍鷹道：「是誰？」

武曌道：「此人亦是我門的高手，部署在一旁，作爲支援，如燕飛能脫出圍困，便可突襲攔截。豈知形勢變化之快，完全出乎意料之外，在眼睜睜看著仍沒法明白下，燕飛劍尖現出閃電般的異芒，本是氣勢如虹的三大元老高手，立即潰不成軍，還被他逐一殺死。」

龍鷹倒抽一口涼氣，道：「既然如此，爲何聖門仍不肯相信燕飛一招擊敗慕容垂呢？」

武曌道：「邪帝仍然年輕，閱歷未夠。人是很奇怪的東西，有個可說是優點，但也是缺點的習性。就是不論事情如何離奇古怪，記憶猶新時如何震撼，但在一段時間後，會將之擱置或淡化，然後一切回復正常，特別是當此事與自己一向的信念有衝突。我們需要的，是一個安全、穩定和能理解的世界。像『破碎虛空』這種完全超乎常理的武功，是沒有人可以接受其存在的。所以目擊者雖然在聖門裡有身分有地位，仍沒法改變其他人根深柢固的想法。」

龍鷹由衷的道：「聖上這番話發人深省，正正說出小民的情況。剛聽到席遙那番話時，小民整個人倒轉過來，神魂顛倒，但現在『仙門』只像在上一世輪迴發生的事。」

武曌沉吟道：「橫亙在我們面前有三件事。首先，《戰神圖錄》在哪裡呢？」

龍鷹道：「這是無從猜估的事。」

武曌道：「並非完全沒有蛛絲馬跡，《道心種魔大法》裡很多完全超越了常理的功法，大有可能是來自《戰神圖錄》。」

龍鷹一怔道：「我倒沒有這般想過。」

武曌道：「原因在你沒有看過聖門的其他典籍，朕並非第一個有此疑惑的人。」

接著道：「第二件事，是燕飛如何練成『破碎虛空』？」

龍鷹道：「關鍵可能在於兩次的死亡，確與種魔大法不謀而合。」

武曌淡淡道：「不是一次嗎？」

龍鷹心叫糟糕，他對武曌愈來愈沒有戒心，說漏了嘴仍不自覺。硬著頭皮道：「是這樣的，唉！在原本裡有著歷代邪帝對大法的註解，其中一些是向雨田寫的，曾提及燕飛兩次從死亡裡復生。」

武曌若無其事的道：「這個朕早知道。向雨田對最後的一章，寫下了甚麼註解呢？」

龍鷹坦然道：「只有『破碎虛空』四個字。」

武曌沒有絲毫怪責他的意思，道：「向雨田正是朕要提出來的最後一個問題。他已破空而去了嗎？」

龍鷹心忖聖上你來問我，小民卻可問誰？但當然不敢如此答她，茫茫然地搖頭。

武曌微笑道：「對這個問題，朕比你更有回答的資格。」

龍鷹失聲道：「怎可能知道呢？」

武曌談興甚濃，更因現在的話題，天下間聽得明白者只有寥寥數人，龍鷹且是最有資格者。

武曌道：「邪帝可知《戰神圖錄》之名，首見於何經何典？」

龍鷹立即忘掉向雨田有否開啓仙門的門，大訝道：「竟眞有經典提及《戰神圖錄》，那還有甚麼好懷疑的？」

武曌好整以暇的道：「創出《道心種魔大法》的第一代邪帝謝眺，還著有《魔道隨想錄》一書，此書早在漢末已散佚不存，但其內容則分別保存在八個弟子的著述中，流傳至今。在《魔道隨想錄》裡，有一段關於《戰神圖錄》的記載，說此書來歷神秘，超越一般塵世的武功，共有四十九式，最後一式『破碎虛空』，更觸及天地之秘。這正是《戰神圖錄》的由來。」

龍鷹道：「謝眺看過此書嗎？」

武曌道：「沒有人知道，朕的猜測，他是從一個屬於春秋戰國時代的古墓裡，看到有關《戰神圖錄》的記述，得窺圖錄之秘，從而創出《道心種魔大法》。大法最後一篇的『魔仙』，正如向雨田的批註，等同『破碎虛空』。可惜那也是謝眺最語焉不詳的一篇。因爲連他自己亦沒法勘破仙門之秘。」

龍鷹明白過來，靜齋的始祖地尼，因得翻閱《魔道隨想錄》之緣，從而曉得『破碎虛空』之秘，《慈航劍典》很大機會亦受到『破碎虛空』的影響。仙胎魔種，各走極端，源頭則一。

武曌緩緩道：「據謝眺徒子徒孫的記錄，謝眺沉迷於商周文化，認爲此兩代在天道上的《戰神圖錄》和它的終極招式「破碎虛空」，就是這麼流傳下來。

龍鷹倒抽一口涼氣道：「這個看法相當驚人。社會該是不斷進步的，便像武成殿外的水運渾天儀，已臻顛峰至境，以後的人只能因循演繹，沒有可能超越。」

武曌道：「朕指的是天地之道，那與任何工具巧器沒有關係。謝眺在《隨想錄》說過，一切知識思想之源，均來自天文之學，誰能貫通天道循環之理，便能掌握天道之秘。而商代以十干配合十二支紀日、紀年之法，是一切天文的源頭。六十甲子更是秘不可測，道盡天道人事的奧秘。只從以時辰八字測算祿命之法，我們便可以小窺大，明白六十甲子神奇之處。」

龍鷹訝道：「商代已有天干地支表示年、月、日、時的方法嗎？」

武曌答道：「或許在三皇之時已用干支紀年，但在這方面是無從稽考，因為到商代才出現文字，存在於甲骨卜辭之中。例如『癸酉貞日夕又食，佳若？癸酉貞日夕又食，匪若？』，那是一次天狗食日的記錄。又如『七日己巳夕有新大星併火』。『火』是大火星，在星象學上是客星犯宿，屬不吉之兆，故被記載下來。周代的《易經》，更是眾經之首。邪帝有想過一個問題嗎？就是在各方面遠比我們落後的古代人，憑甚麼創出像六十甲子、易經這些超乎日常經驗的東西來，而後人不論如何努力，卻只能在它們的基礎上發展，沒法超越分毫？」

龍鷹道：「在武功心法上，何嘗不是如此？如『破碎虛空』，練成已難比登天，更不要說去超越了。」

武曌欣然道：「『破碎虛空』正是登天之法，令人顛倒。造就出寇仲和徐子陵的是《長生訣》。而向雨田則為我們所知的，是唯一能活上逾二百年的人，如我們推測《長生訣》、《道心種魔大法》，甚至《慈航劍典》，均源自《戰神圖錄》，恐怕雖不中亦不遠矣。」

龍鷹重重吁出一口氣道：「難道四大奇書，同源而異？」

武曌道：「正因謝眺對商周古文化的仰慕，令他不住往古墓穴尋寶，終於著成《道心種魔大法》。朕說了這麼多，對邪帝有何啓示？」

龍鷹歎道：「仍是『破碎虛空』四字。」

武曌道：「邪帝沒想過，因何三佩合璧，竟可開啓仙門呢？」

龍鷹呆瞪著她，道：「請師姐指點。」

武曌大樂道：「師姐？眞是悅耳動聽，可惜只能在旁邊無人時才可喚師姐。唉！朕已很久沒有如刻下般的情懷，有時朕更懷疑自己並不是人，只是執行聖門使命的人偶。」

稍頓續道：「唯一解釋是在商周或更早的時候，早有人曾眞正的看過和悟通了《戰神圖錄》，又或他便是《戰神圖錄》的創作者，不單練成『破碎虛空』，還以無上神通，將力能破空的奇異能量，貫注往三佩之內。『破碎虛空』是完全超乎我們想法的心法武功，沒法以文字描述，怎麼說都不可能令人明白。可是當三佩合一時，等於將『破碎虛空』做一次完美的示範，讓有緣者領悟。燕飛和孫恩正是得益者。」

龍鷹道：「這位前輩大家，確是用心良苦。」

武曌道：「邪帝有何感覺？」

龍鷹坦白道：「頭皮發麻，全身虛虛飄飄，有點像當日聽到席遙說自己是盧循的輪迴轉世的情況。」

武曌道：「思考這些超乎現世的事，有種讓朕從瑣碎沉重的國務解脫出來的感覺，生命再非沒有意義。可能在每一個人深心之內，都存在這種超脫生死，超越現實的渴望。就像在逃走無門的大監牢裡，似將永遠失去自由的死囚，忽然曉得有逃離的秘門。」

龍鷹心有同感，歎了一口氣。

武曌忽然道：「朕和邪帝在這方面的分別，是邪帝不敢去想，朕卻是殫思竭智，務要尋根究柢，找出練成開啓仙門之法。邪帝說得對，這個追求凌駕一切，包括帝皇霸業在內。」

龍鷹一震下朝她瞧去。

武曌龍目生輝的道：「現在回到向雨田的問題。他是否已破空而去。最後見向雨田的人是魯妙子，而魯妙子曾與朕的太師父『陰后』祝玉妍密切往來。每次祝后問魯妙子有關向雨田的情況，魯妙子都是神情勉強的拿向雨田練歪了種魔大法來搪塞，追問細節時則語焉不詳，可知魯妙子是言不由衷。由是觀之，向雨田不但練成種魔大法，還練成『破碎虛空』，他以此批註《道心種魔大法》的最後一篇，便是明證。因他曉得『破碎虛空』只能意會，不可言傳。寫出這四個字，只是讓他的批註有個圓滿的結束。」

龍鷹大喜道：「這是小民最喜歡聽得的消息。」

武曌道：「我們當然沒法再次目睹三佩合一的情況，也不可能找人來示範一次破碎虛空，幸而我們並非全無線索。《道心種魔大法》、向雨田的批註、燕飛說過的每一句話，都是勘破的關鍵，邪帝明白嗎？」

龍鷹點頭道：「小民會將向雨田的所有批註，全部默錄出來，讓師姐過目。」

武曌道：「燕飛不是向盧循說過，《黃天大法》之上，尚有『至陽無極』。所謂一陰一陽之謂道，既有『至陽無極』，當然有『至陰無極』，『至陰無極』在哪裡呢？」

龍鷹遽震道：「難道是《慈航劍典》？」

武曌現出讚賞神色，道：「一直以來，江湖均有傳言，《慈航劍典》不宜男性去讀。由此可知劍典載的正是至陰的功法。打開始仙胎魔種便是各走極端，偏又互相吸引，看邪帝和端木菱那丫頭便清楚。邪帝不會放過她，她亦沒法拒絕你。因爲你們的結合，正是至陽和至陰的圓滿結合，也就是《戰神圖錄》最終極的功法。」

龍鷹衝口而出道：「破碎虛空！」

又沉吟道：「如果可讀一遍《慈航劍典》，定會回來稟告聖上。」

武曌雙目射出溫柔之色，道：「邪帝可知這對你來說是一種犧牲，朕怎忍心令你負上不義之名，更怕端木菱因此和你決裂。」

旋即含笑道：「何況看畢劍典，極可能仍是一無所得。事實上種魔大法已囊括了謝眺思想和武學的精粹，差的只是最後一著。此著只能意會，不能言傳，與禪宗的拈花微笑，異曲同工。」

龍鷹道：「小民給聖上說得有點糊塗了。」

武曌笑道：「你是當局者迷，端木菱正是活著的『至陰無極』嘛！」

龍鷹劇震一下，呆瞪武曌。

武曌笑得前所未有的開心迷人，欣悅的道：「朕仍在思考裡，明天早上到朕的御書房如何？朕想看到仍是人雅爲邪帝磨墨。」

龍鷹道：「遵旨！」又忍不住的道：「聖上眞的沒怪責小民瞞著批註的事嗎？」

武曌從容道：「從君臣的關係看，你是犯了欺君之罪；可是從聖主和邪帝的關係而言，你卻是做了最應該做的事。哪有聖門之人，肯將所有底牌翻開讓人看的？夜哩！返甘湯院陪人雅吧！」

第二章　沉迷武事

龍鷹沒有立即返回甘湯院，反到大宮監府找胖公公。無獨有偶，胖公公也在園裡的亭子發呆。

在胖公公對面坐下，龍鷹道：「不用去調查了，燕飛和慕容垂確是一招分勝負，慕容垂不單被擊至在地上翻滾了十多轉，著名的鐵槍還只剩下拿著的一截。」

胖公公道：「是誰告訴你的？」

龍鷹遂將武曌的事說出來，胖公公聽畢，道：「你是第二個改變她的人，第一個當然是她師父娘娘。自得到種魔大法後，她的心神逐漸轉向鑽研大法，不像以前般對朝政的執著。武三思一事，你道公公是魯莽出手嗎？當然不是，我是看準時機來出擊的。」

龍鷹道：「公公怎曉得她在研究大法？」

胖公公道：「在你回來前十多天的一個晚上，她忽然召我到上陽宮去，問我一個你怎都沒法猜到的問題。」

龍鷹搖頭表示無從猜估。

胖公公道：「她問我，因何邪帝完全沒有回頭看一眼，卻能猜到凝豔手持佩劍的尺寸和重量呢？」

龍鷹與他四目交投，說不出話來。

胖公公道：「你自己曉得答案嗎？」

龍鷹頭皮發麻的道：「連我自己都不知道，她怎會曉得的呢？」

胖公公道：「她說出了一種非常離奇，更是公公聞所未聞的心法理念。」

龍鷹好奇心大起，又是心生寒意，歎道：「請公公說出來，給你吊足我的癮子。」

胖公公道：「她說天地萬物，從凝豔的劍，到一草一木，都是一種『波動』。一般練武者的眞氣也是波動，先天眞氣則是更高層次和精微的波動，因能與人的精神結合。而魔種則是超越了生死的波動，故能人之所不能。」

龍鷹道：「生命是某種形式的波動，這個我可以理解，可是死物怎會也是一種波動呢？」

胖公公道：「這個你要問自己了，你和她看的是同一本書，爲何她可看出這個來？」

龍鷹苦笑道：「公公似是忘了，她是聖門史上，第一個遍閱聖門兩派六道所有秘典的人。」

胖公公苦思道：「你是過來人，她有沒有可能不用經歷死生，練成大法呢？」

龍鷹道：「別人肯定練不成，對她我卻不敢肯定。她還有別的話嗎？」

胖公公道：「這個視萬物爲波動的心法太震撼了，正是在這個看法的基礎上，虛空亦可以是波動，令『破碎虛空』合理化。推而廣之，人和神靈的分別只在波動層次的分別。而魔種因能嵌進種種不同的波動裡，故此你能不用眼看手量，也可說出凝豔佩劍的尺寸和重量。」

龍鷹倒抽一口涼氣道：「我的老天爺！公公肯定對此做過深入的思考。」

胖公公道：「我以前的世界已給你翻轉過來，不知該用哪種態度對待。但無可否認這是非常新鮮的感覺，我像回復自主般，可從另一個角度，去看待平常不過的事物，但總能得到新的意義。例如公公看著你，心中會在想，這小子前世究竟是甚麼東西？因何如此好色？哈哈！」

龍鷹始知給他耍了一著，笑道：「前一世是甚麼不打緊，下一世是甚麼才重要。」

胖公公沒好氣道：「想恐嚇公公嗎？」

龍鷹道：「只是提醒公公。我不知積德有沒有作用，但做總好過不做。」

兩人再閒聊幾句後，龍鷹告辭離開。

踏入觀風門樓，給令羽截著，兩人邊走邊談。

天上下著毛毛細雨，離開大宮監府後，星空被雨雲掩去。

令羽道：「眾兄弟在盼望與鷹爺敘舊。」

龍鷹想起小魔女主婢，如有她們參加，肯定可令一眾兄弟非常興奮，亦可予人雅等和她們有機會見面。道：「暫定後天正午如何？記得帶舉舉和一雙寶貝來。」

令羽大喜道：「由我們負責訂廂房，當然要亮出鷹爺的名號。」

又壓低聲音道：「聖上今早下旨，在左右羽林軍的職權上做了調動，建安王武攸宜從長安調回來，任左羽林軍的大將軍，成為左羽林軍的頭子。李湛則升上左羽林將軍，是他的副手。」

龍鷹心忖武曌「酒醉三分醒」，雖然心神轉往種魔大法和仙門，仍不忘鞏固武氏子弟的實力。道：「右羽林軍又有何改變？」

令羽道：「右羽林大將軍仍是李多祚，副手改為楊元琰。」

龍鷹笑道：「你老哥說話比以前謹慎多了，只說事實，不加任何評論。飛騎御衛又如何？」

禁軍主要分左、右羽林軍和御衛三大系統，令羽是御衛的正將，上司是大將軍武乘川。

令羽苦笑道：「今時不同往日，不像以前吊兒郎當，爛命一條，說甚麼、做甚麼都要顧及家小。」

接著答龍鷹另一個問題，道：「御衛暫時沒有調動，不過至遲今年底，必有改變。我們的頭子已得聖上賜准，半年後告老還鄉，他老人家可以享清福哩！」

龍鷹訝道：「聽你的口氣，既擔心不知會否由武家的人代替武大將，又似在羨慕頭子可以告老回鄉。」

令羽歎道：「我是受舉舉影響，她常指官場險惡，希望我可以脫離，憑她手上的積蓄，做個普通的生意人。可是做官不易，想不做官更難，一個不好，會大禍臨頭。」

龍鷹欣然道：「不用那麼悲觀，這方面我爲你想辦法，說不定明天便有好消息。」

令羽大喜道謝。

人雅三女的笑語聲從內堂傳來，使龍鷹感到窩心溫暖，甘湯院便如塔克拉瑪干的美麗綠洲般，是他在神都的淨土。

剛踏足內院，笑語聲倏地斂去，燈火熄滅。剎那間龍鷹給駭得魂不附體，旋又晉入魔極至境，心靈晶瑩剔透。

這是沒有可能的。

忽然間綠洲淨土化為世上最險惡可怕的凶地，三女難卜吉凶。

不論皇宮、皇城，都是戒備森嚴，以花間女之能，當年亦沒法入宮來行刺他龍鷹。上陽宮更是禁地裡的禁地，怎可能有人能無聲無息的潛至甘湯院來，而且他沒有分毫危險的預感？

對於自己的靈應，在聽了胖公公轉述女帝的見解後，他有了進一步的認識。萬事萬物若均為一種無影無形，表面絕看不出來的「波動」，那人的情緒和精神當然也不例外，只是一般人眼、耳、鼻、舌、身的「五感」感覺不到。五感能曉得的，只是眼前的一刻和處身的環境。可是魔種將五感提升往高一個階次，且不知這階次的盡頭止於何處，故能以更精微和廣闊的方式，嵌進周遭任何異常的波動去，感應到遠方的敵人，超越了平常的感官。

如果眞有個敵人，心存惡意，控制了三女，同時弄熄掛在走馬樓四角和內廳的燈火，是沒可能瞞得過他的魔種。可是他此刻仍感應不到對方的存在，唯一的解釋是對方不單沒有精神或情緒上的波動，更能斂收精氣，完全避開他的感應網。

天下間，能避過他靈應者，屈指可數。

想到這裡，心中一動，明白過來。

下一刹那，他已投進走馬樓間的暗黑裡，同一時間他感到被纏上。那並不是一個氣場，而是玄之又玄的連繫，便像飛蟲落在一個蛛網上，愈掙扎愈纏得緊。比之法明的天魔場，又高上至少一籌。皆因欲破無從。

尖銳如針的可怕氣勁，從上直刺頭頂，如被擊實，保證鋒利集中的眞氣，可從胯下鑽出去。

龍鷹往左旋去，一拳向上斜斜擊出，魔氣脫拳而去，硬撼針勁。

似鐵針刮上硬物的磨損聲，「嘞嘞」響起。龍鷹的拳頭只像被尖針刺了一記，但心口卻如被大鐵錘敲了一下，幸好藉旋轉化去對方大半眞氣，否則恐怕要立即受傷吐血，但再也沒法旋轉下去，還要踉蹌後跌。心叫厲害。

對方此招看似簡單，但在整個形勢配合下，是避無可避，逼他全力硬拚一招，而先手上風則已落入對方手上。

龍鷹心知糟糕時，一個如眞似幻，全身由頭至腳以黑布包裹的人影，落在自己右方的死角位，雙手做出各種玄奇的動作，似攻非攻、似守非守時，下面飛起一腳，攔腰掃來，光是其迅逾鬼魅的速度，已教人沒法興起招架的心志。

「轟！」

龍鷹提腳曲膝，硬捱對方的腳掃，就像給人以浸濕了的粗軟鞭，狠狠抽了一下，又是另一陣錐心劇痛。至此才眞正領教到厲害，難怪其他人遇上此人，如此不堪一擊。

龍鷹心知如此下去，就看何時被對方「了結」。施展彈射，拔身而起，至升離走馬樓屋簷的高度，換氣後移，踏足簷緣處。

豈知對方如影附形的追來，出現前方，分別在自己算是「腳踏實地」，對方卻是凌空。

龍鷹是首次爭回少許主動，哪肯錯過，哈哈一笑，一指點出，魔氣高度集中，正是怕對方硬以護體眞氣捱他一招。

對方一聲不吭，繼續騰升，以指對指，朝他戳來。

「砰！」

指氣正面交鋒。

龍鷹悶哼一聲，往後面屋脊退開，卻被蛛絲般的氣場扯著，後果是欲退不能，且帶得對方凌空投至。

如此可怕的勁氣場，確是從未曾遇過。

龍鷹猛撐屋脊，改往對方投去。

凌空互攻了幾招後，兩人落往瓦坡，展開近身搏鬥。

龍鷹一向對自己魔種式的近身戰術，有十足信心，即使以法明的「不碎金剛」，在他後勁不繼前，仍沒法將形勢扭轉過來；以宗密智的邪靈附體，也要吃暗虧。但在這一刻，他方曉得一山還有一山高。對方根本很難仍被認爲是一個人，而是似鬼幻多一點，步法身法，變化萬千，對環境的利用，招式之精妙絕倫，速度的緩快無常，每一方面均只在他之上而不在其下。

龍鷹開始時還能有攻有守，百多招後已淪爲被動，只能見招拆招，雖未至於左支右絀，但已應付得愈來愈吃力。

唯一可恃者，是魔種際此空前苦戰的時刻，受刺激下不住往某一極限提升，奇招怪式層出不窮，只苦於沒法從對方的可怕「蛛網」中脫身，沒法重整陣腳。

如有選擇，他永遠不會讓對方有近身的機會。

龍鷹一個旋身，移往簷緣，看似容易，卻是千錘萬鍊下掌握對方招與招間一線空隙，妙手偶得的奇異身法。

一拳擊出，似往空處攻去，最後迎上的是對方踢來的一腿。

他還是首次重掌主動，看通對方來勢。

「轟！」

勁氣爆破。

龍鷹應腳倒飛，卻是飛跌得極有分寸，更像是故意爲之，最後降落至屋簷對面下方走馬樓底層廊道的干欄處，坐得四平八穩，輕鬆自若。

來人落在他前方，嬌笑道：「痛快痛快！自恩師過世後，朕從未遇上能過十合之將，邪帝果然沒有令師姐失望。」

伸手揭去頭罩，現出天顏。

盯著龍鷹道：「唯一抱憾，是沒法瞞過邪帝的靈覺，否則來個生死之戰，會更有趣呢！」

龍鷹苦笑道：「差點給師姐取了本師弟的老命。」

武曌笑不攏嘴，白他一眼道：「本師弟！哪有這麼自稱的？唉！邪帝回來後，一切都不同了，令朕重拾差點忘記了的生趣。」

龍鷹訝道：「聖上一直很不開心嗎？」

武曌仰起龍顏，任由雨水灑在臉上，滿懷感觸的道：「朕初入宮時，唯一的願望是得到太宗的恩寵。到被逼削髮爲尼，便在留下來等待機會和離開永不回來兩個念頭間掙扎。然後是如何成爲皇后，爭取執政的權力。本以爲登上九五之尊後，所有難題可迎刃而解，豈知又爲外族的欺凌和繼承人的問題傷透腦筋。人生就像一場永遠贏不了的苦戰，沒有終極的勝利。可是邪帝帶來的一切，將狹窄的人生擴展至無限，不論內外，都多出了前所未有的意義，以前的沉悶、沒有出路的天地再不復存。朕終於明白，爲何以秦始皇的雄才大略，老朽時亦要追求不死之藥；以李世民的聰明和智慧，晚年也沉迷於丹藥。因爲他們都是立於顛峰處的人，在他們深心內，隱隱曉得在這物慾的人生上，應該還有更美好的事物。」

龍鷹呆看著她，想不到她在激戰的痛快後，吐露出這麼一番肺腑之言。

武曌像盡洩心頭鬱悶之氣，目光回到他身上，平靜的道：「仙門不單能開啓通往洞天福地之門，也開啓了我們心內的門。」

龍鷹歎道：「聖上說得眞好，看得透徹。」

武曌道：「她們快醒來了，明天在御書房見，朕有些有趣的東西給你看。」

龍鷹大奇道：「是甚麼東西？」

武曌開懷道：「這是從邪帝處學來的，有些東西要賣關子才能增添情趣嘛！」

說著時將頭罩重新套上。

龍鷹道：「有件事不知該否順口一提？」

武曌道：「說吧！」

龍鷹一邊注視三女的情況，一邊簡單扼要將花簡寧兒、宋言志和終於因飛馬節而爭得混入大江聯總壇的事說出來。最後道：「宋言志已成了我們最有用和重要的眼線，我需要一個人，與他緊密合作，以免貽誤軍機。」

武曌道：「這方面由你全權作主，只要報上來便成。」

又讚道：「朕沒想到對大江聯竟取得如斯理想的進展，劉南光這看似無關痛癢的一著，竟在陰錯陽差下起著決定性的作用。只要邪帝一句話，朕立即將大江聯連根拔起。」

龍鷹道：「這方面小民看著來辦。小民想從聖上處取走令羽，做宋言志與小民間的聯絡人。」

武曌道：「邪帝看中他，自有道理。就這麼辦。她們清醒哩！朕要走了。」

下一刻她已翻上瓦面，一閃後消失不見，縱是眼睜睜瞧著，龍鷹亦有點不相信自己的眼睛。

龍鷹心底生寒，終於弄清楚武曌若要殺自己，可能逃都逃不了。

第三章　三佩合一

看著人雅目不斜視，立在桌旁，專心一意的爲他磨墨，感覺奇異。

她像從前般捋高衣袖，露出晶瑩雪白的小臂，在晨光下輕柔地晃動。雙方都不願說話，以免破壞御書房的寧靜。

龍鷹敢肯定人雅正重溫初遇他時的舊夢。時間確是奇妙，可隨主觀變化，在這一刻便有倒流的效果，往昔某一過去了的片段又像在重演了，其間只像是個不眞實的夢。

龍鷹一邊運筆如飛，一邊道：「人雅！」

人雅「嗯」的應了一聲，臉蛋竟紅起來，嬌豔欲滴。

「人雅！」

龍鷹見她仍不肯朝自己望來，耳根都變紅了，看得神爲之奪，道：「人雅在想甚麼壞東西呢？」

人雅害羞得想找地洞去鑽，嗔道：「你才在想壞東西。」

龍鷹好整以暇的道：「讓老子來猜猜人雅在想甚麼壞東西。」

人雅大窘道：「不准猜！」

龍鷹奇道：「竟然是老子可猜得到的，那當然是人雅以前曾說過的某句話。哈！猜到了！是否與好人壞人有關呢？」

人雅得意洋洋的道：「猜錯哩！」

龍鷹見她神情天眞可愛，像個永遠不會長大的小女孩，笑時現出兩個深深的迷人梨渦，心癢癢的道：「這招叫『投石問路』，純屬試探。對！好人和壞人太普通了，人雅怎會爲此羞人答答、臉蛋紅紅？定是想到一些不可告人的壞蛋事。來！再提醒老子一次！」

人雅大羞道：「不准說出來。」

龍鷹大樂道：「人雅曉得我猜中哩！哈！原來我正誠心誠意的爲聖上辦公事，人雅卻在偷偷的想壞東西。我當然不會代人雅說出來，快說！」

人雅嗔道：「不說！」

龍鷹心神皆醉，得妻如此，夫復何求？每一個人都有他的夢想和追求，對一般人來說，當然是成家立業，又或嫁得如意郎君。富貴榮華，又或權力地位，只屬一小撮人的專利。整個社會就像塔克拉瑪干裡一個尖塔形的巨大沙丘，可是只要看看位於最頂尖處的帝王將相，仍常感不足，便知一定在某一方面出了岔子，又或是人性一個不可縫補的缺憾。

又聯想到沙丘隨風勢不住變化，甚至被夷平，正是現實情況的反映。

龍鷹清楚人雅吃軟不吃硬的性格，不要看她表面柔弱易碎，卻有顆堅定的心。軟語求道：「乖人雅說出來讓為夫聽吧！」

正如武曌昨晚說的，人生是一場永遠打不贏的仗，因為於她來說，自娟娟收她為徒的一刻，她便踏上開赴戰場的不歸路。那不單是魔門與包括朝廷在內的白道的戰爭，且是對男尊女卑的社會徹底的顛覆和反動，更將宗教變成政治工具。

人雅輕輕道：「你這人哩！令人家太難為情了。」

龍鷹道：「人雅提醒老子的事，老子至少和人雅幹了一千次，還有甚麼好害羞的？」

人雅「噗哧」笑道：「哪來一千次這麼多，鷹爺最愛胡說八道。」

龍鷹來個軟硬兼施，恐嚇道：「再不說出來，老子便在這裡和人雅幹第一千零一次。」

人雅明知他在虛言恫嚇，也大吃一驚道：「不可以！」

龍鷹停筆，斜瞅她一眼，目光回到補上註解的抄本上，心中湧起滿足的感覺。有情男女間最大的樂趣，就是微不足道的任何一事，也可變成打情罵俏的主題，且是其樂無窮。「愛」確可成為人生不足的解藥。

另一個出路或許是宗教信仰。不過以席遙的經驗來看，他需要的，並不是虛無的思想，而是實質的宗教經驗，當他從這一世的輪迴醒轉過來，一切都不同了。

可以想像當年三佩合一，仙門開啓，對孫恩和燕飛兩個目擊者帶來多大的震撼，比佛祖或李耳重生，向他們說足十天十夜佛法、道法的威力要大上千萬倍。

這是宗教式的經驗，就是我們的世界並不止於眼前牢不可破的現實，不止於生老病死，而是有無盡的可能性，玄秘美麗。

女帝形容得很精采，仙門不僅開啓了外在世界的一道門，也開啓了心內的一道門。天地再非以前的天地。正因仙門的超乎現世，才能使龍鷹更珍惜和掌握眼前的一切。

在連串事件的引發下，龍鷹從蓄意逃避，到面對，並作出深思。

龍鷹目光回到人雅身上。

剛好人雅在偷望他，接觸到他的目光，慌忙避開。

遙遠的過去回來了，一切如舊。

他是第一次踏足御書房，坐在這個位置，人雅仍是上陽宮最美麗的小宮娥，爲他磨墨。

人雅玉頸染滿紅霞，以蚊蚋般的聲音道：「清姐和麗姐在中庭等人家呢！」

龍鷹不容她岔開去，道：「爲夫在聽著哩！」

人雅跺足嗔道：「又說在辦正事，爲何停筆？」

龍鷹擺出無賴款兒，道：「人雅不說，老子不寫。聖上駕臨也是如此。」

人雅終於屈服，柔情似水的香唇輕吐道：「啓稟鷹爺，榮公公吩咐人雅，若鷹爺要人雅侍寢，人雅不得拒絕。」

龍鷹「呵」的一聲道：「還以爲人雅想的是別的事，原來是有關這方面的。」

人雅大嗔道：「你不是好人來的。」

又低聲道：「人雅在提醒壞人呵！」

龍鷹立告神魂顛倒，探手往她摸去，人雅笑著避開，就在此時，御書房外傳來「萬歲」之聲。

武曌到。

武曌將跪拜地上的人雅扶起來，見她仍是臉無人色，愛憐的道：「雅兒不用害怕，來！朕有好東西給你看。」

牽著她的手，朝龍桌走去。道：「龍先生一起過來。」

看著人雅步履不穩，跟在兩人身後的龍鷹眞怕她癱軟地上。由此可見女帝的威勢，即使她特別鍾愛的貼身婢女，亦怕她怕得要死。而他也是唯一一個明白武曌對人雅有特殊感情的人。

女帝抵達龍桌的這一邊，放開人雅的手，笑道：「龍先生抱著人雅。」

人雅駭然道：「不用呵！」

龍鷹移到人雅身旁，探手挽著她的纖腰。笑道：「聖上有甚麼好東西給我們看呢？」

武曌從懷裡掏出一個錦盒，放在龍桌上，打開。

人雅「呵」的一聲叫起來。

盒內裝著上、中、下三件玉佩。上和下合起來是個中空的圓環，分別飾以代表天空的雲紋和代表大地的山川紋，中間一個圓如滿月，光滑潤澤，沒有任何紋飾。

不論打磨和紋雕，均出自一流巧匠之手，玉質更不用說，光是三佩本身，已是價值連城。

武曌輕描淡寫的道：「玉是藍田的水蒼玉，始皇曾以此種玉石製成玉璽，由宰相李斯雕刻篆文，乃玉中極品，冬則溫潤，夏則冰清。玉之美者爲球，次美者爲藍，但皆爲上品。藍田之名，正是『美玉之鄉』的意思。你們眼前所見的正是球玉。朕本想製成三套，但因材料不足，故兩年來只得兩套。一套由朕保留，另一套送給人雅，當是朕欠她的嫁妝。」

人雅又驚又喜，要跪下拜謝，卻被武曌阻止。

龍鷹明白過來，三年前法明從長安回來，將仙門之事轉告她，她便找得有關天、地、心三佩的圖樣尺寸，令巧匠複製出來。尚未做起的一套，該是想賜予法明。

武曌道：「一切依足原玉的大小製作。朕曾看過十多個不同版本，當中該以漢末載於道門典籍的版本最準確。」

又道：「龍先生有何感覺？」

龍鷹皺眉思索，笑道：「人雅的心兒愈跳愈快，聖上可否賜准她到中院與姐妹們相聚呢？」

武曌啞然笑道：「賜准！」

人雅是名副其實的獲得皇恩大赦，一聲「謝主隆恩」，腳步浮浮逃命似的去了。

武曌目光落在他處。

龍鷹道：「是否尺寸有誤呢？心佩怎都差一點點才能嵌進天地佩間去。」

武曌微笑道：「此正爲一直沒有人能令三佩璧合的主因。」

龍鷹道：「眞的有可能將眞氣注進佩內去嗎？」

武曌道：「告訴朕，邪帝能感受到來自敵兵的殺氣嗎？」

龍鷹點頭道：「的確如此。少帥的井中月，便具有很重的殺伐之氣。以前沒有對此深思，現在給聖上提醒，果是耐人玩味。」

武曌道：「朕對向雨田的批註是迫不及待哩！更回味以前與邪帝分頭作業的美妙感覺。坐下再談。」將錦盒蓋上，送入龍鷹手裡去。

工作至正午，完成三章的批註，這才離開御書房。

武曌於半個時辰前返宮城去，三女趁機會溜進來伺候他，打情罵俏，大家不知多麼高興。早在進御書房前，他已請李公公派人到國老府打聽小魔女船抵神都的時間，送三女回甘湯院後，曉得她們主婢要到黃昏才回到神都，見尚有時間，陪三女吃午飯後，往訪婁師德和張柬之，安排遠程偷襲「賊王」邊邀的軍事行動，又處理了令羽的調配。現時他和武曌的關係空前良好，只要是他想出來的東西，女帝均照批不辭。

可是天才曉得如此關係，可以維持多久？

在中書省門外，給上官婉兒的馬車截著，龍鷹登車坐到大才女身旁。

馬車開出。

龍鷹順口問道：「到哪裡去？」

上官婉兒不經意的道：「帶你去見一個最想見你的人。」

龍鷹道：「梁王？」

上官婉兒淡淡道：「梁王見你幹甚麼？你已說服了他，解決了他武氏家族最迫切的問題，他當然感激，卻沒有急需見你的理由。」

寥寥數句，已將武三思刻劃入微。武氏子弟怎會眞的感激他？所有外人均被他們視爲鞏固權力的工具，沒用時棄之而不惜。這種心態正是暴發戶的心態，而他們卻是政治的暴發戶，對權位的慾望貪婪妄求，沒有止境。

龍鷹朝窗外瞧去，道：「太平公主！對嗎？」

同時心中叫苦，他與上官婉兒和太平公主的關係都是複雜曖昧，說話態度的拿捏，使人頭痛。

上官婉兒挨過來挽著他手臂，輕柔的道：「龍大哥憑甚麼說服梁王呢？」

這兩日來他不住思索人生在世的問題，此刻則感到自己的人生，可能只是無休止地回答不同的問題，且多數問題不能實話實說。道：「很簡單，光是東宮的解禁，已令梁王有足夠的警覺，明白大氣候的轉變。」

上官婉兒道：「那龍大哥又是如何說動聖上解除東宮的禁制呢？」

龍鷹微笑道：「說服她的不是我而是胖公公，任何事既有開始，便有完結，然後是另一個新的開始，這叫天道循環。至於胖公公究竟向聖上說過甚麼，恕小弟無法作答，因爲不知道。」

上官婉兒道：「胖公公因何肯這樣幫你的忙？不要告訴婉兒，胖公公是忽然心血來潮的去找聖上說話。自龍大哥從南方來神都後，胖公公一直立場堅定地站在龍大哥的一方，照顧得無微不至，教人百思不得其解。」

龍鷹啞然笑道：「婉兒在審問小弟嗎？」

上官婉兒撒嬌道：「婉兒想弄清楚嘛！」

龍鷹拿她沒法，笑道：「這方面怕要問胖公公才清楚，人與人間的關係很奇怪，或許是一見投緣，又或許是命中注定，誰可分辨？」

上官婉兒嗔道：「早知你不會說，與你有關的事總是神秘兮兮，到今天仍沒有人清楚你的出身來歷，且成爲朝廷的禁忌。」

又道：「聖上當然清楚，胖公公也知道，還有國老，否則他怎肯讓你接近他的寶貝女兒？」

龍鷹不解道：「既然曉得老子的出身是禁忌，因何婉兒忽然查根究柢，窮追不捨？」

上官婉兒伏入他懷裡去，癡纏的道：「人家是你的女人嘛！當然想清楚所屬男人的事。至於你在外面如何拈花惹草，婉兒不聞不問。管不來呵！」

她祭起溫柔手段，龍鷹立陷下風，說不出狠話。但願她騙自己的手段永遠不出漏子，讓他們間的關係繼續保持愉悅。

人與人間最不幸也是最幸運的事，就是看不到對方腦內想的東西，因而不用「袒裎相對」，毫無掩飾地看到人性陰暗一面。故而凶殘的惡獸，可僞裝爲馴服的綿羊。

龍鷹此時的心神，全繫於小魔女主婢身上，對與上官婉兒不盡不實、近乎爾虞我詐的關係，實在提不起興趣。道：「有些事，上官大家不知道比知道好。何時讓小弟欣賞大家的詩作呢？」

上官婉兒喜孜孜的道：「婉兒當然無任歡迎，今晚如何呢？」

龍鷹暗罵自己多嘴，說話不經腦袋，小魔女回來後，他怎可能分身？道：「今天不行，這幾天看看吧！」心忖雖然沒人管他，自己卻要管好自己，否則將疲於奔命，樂事變苦差。

上官婉兒坐直嬌軀，目光投往窗外，道：「到哩！」

馬車放緩。

上官婉兒肅容道：「婉兒已爲龍大哥打點了王庭經的問題，並會爲王庭經擋著梁王的查詢。但龍大哥可以告訴婉兒嗎？爲何聖上指定要龍大哥隨梁王到房州去，還要借用王庭經的身分？」

又壓低聲音道：「是否有迎接廬陵王回來的密令？」

馬車停在大門的石階前。

龍鷹湊過去在她香滑的臉蛋親一口，道：「最不想到房州去的人正是小弟，上官大家問我，小弟去問誰？」

車門拉開。

龍鷹笑嘻嘻的下車去了。

第四章　空前危機

龍鷹看得目不暇給，神為之奪，充盈久別重聚的滿足和愉悅。

小魔女和青枝回到小樓，打開行囊，將衣物用品安置回原位，忙得團團轉，興高采烈，吱吱喳喳的像兩頭知還回巢的彩雀，不住說話，東摸西摸，又向他頻送媚眼秋波，還有意無意的走近他，讓他可得逞親熱。

「青枝你看到大混蛋嗎？當足自己是大爺，攤著雙手坐在一旁，只懂用眼睛佔我們便宜。」

青枝正將一疊衣物，逐件摺得整整齊齊的，放進樟木櫃去，聞言「噗哧」笑道：「小姐眞善忘，剛給姑爺摟得坐到腿上去，動嘴動手，怎止於只用眼看？嘻嘻！」

小魔女別頭送龍鷹一個媚眼兒，嬌聲嗲氣的道：「有嗎？為何本姑娘沒有半點感覺呢？」

龍鷹看得心癢難耐，只恨岳丈大人正等著他們吃晚飯，令他沒法以行動回應她的挑釁。

挨到椅背，伸個懶腰道：「呵！原來剛才的蕩女另有其人，不是我的小魔女大姐。」

小魔女正將神山之星放到玉枕旁，低罵一聲「死壞蛋」，又忍不住與用肩頭撞她的青枝，笑做一團。

小樓外夏雨綿綿，樓內燃亮燈火，被兩女的歡笑聲塡個滿溢，溫馨安詳。

龍鷹心中湧起難以形容的動人滋味。她們主婢層出不窮的嬌姿美態眞是令他百看不厭，心迷神醉。小樓上的繡床妝臺、桌几櫃椅，乃至任何一物，落在他眼中，均有種超乎平常的美麗和意義，與她們的笑語和燈光融渾起來，化爲人間仙境。

小魔女忽然押著青枝直抵他身前，喘笑著道：「輪到這丫頭來受難哩！」

龍鷹兩手閃電探出，分往小魔女和青枝的蠻腰摟去，前者一個閃身，險險避過，只青枝被他摟個結實，「嚶嚀」一聲坐到他大腿上。

小魔女退避三舍的閃往一角，向龍鷹扮個可愛至極的鬼臉道：「你當本姑娘仍是三年前那個任你魚肉的弱質女子嗎？現今你只是個給本姑娘試劍的小嘍囉。明天你便曉得本姑娘的厲害。」

龍鷹嘻皮笑臉的道：「何用等到明天呢？今晚我和大姐即可比試較量，看看大姐的花拳繡腿進步了多少。」

小魔女跺足嗔道：「死龍鷹！我要殺了你。」

龍鷹看看被他摸得臉紅耳赤，沒法說半句話的青枝，聳肩裝出個滿不在乎的無賴款兒，道：「親完青枝再來看你移形換影的逃跑本領。」

小魔女化嗔為笑，瞄他一眼道：「恩將仇報！人家送個丫頭讓你放肆，仍要說話不饒人。你有……仙兒不說了。」

龍鷹的心融化了，愛憐的道：「大姐到小弟身旁來。」

小魔女不依道：「來幹甚麼？」

青枝不堪刺激，顫聲道：「姑爺饒了小婢吧！」

小魔女大樂道：「看你這丫頭以後還敢說我嗎？甚麼動嘴動手？你才是給他動嘴動手。」

龍鷹一雙手停止活動，向小魔女道：「法不傳二耳，快給為夫乖乖的過來。」

狄藕仙鼓著腮兒朝他走過來，道：「過來便過來，仙兒怕你嗎？」

青枝乘機脫身。

龍鷹大訝道：「枝兒也大有進步呵！以前給老子摸幾下，便站也站不穩。」

狄藕仙坐到他腿上去，雙手摟著他頸項，道：「鷹爺猜猜看，為何青枝這大懶蟲忽然肯勤力學武呢？」

青枝大窘道：「姑爺、小姐，青枝到樓下執拾東西呵！」說完一溜煙的逃往樓下去。

龍鷹吻小魔女香唇，話從心底泉湧而出的讚歎道：「仙兒不但豐滿了，還長高了兩寸，且多了種沒法形容的獨特氣質，迷死人不賠命。」

狄藕仙嬌癡的道：「人家快二十歲哩！快說！看你有沒有守諾言。」

龍鷹拍拍她香臀，道：「老子一見岳父大人，立即當眾提親……」看著她黑白分明、烏溜溜的眼睛不住睜大，忙道：「嘿！記錯了，是偷偷提親。」

小魔女向他皺皺鼻子，道：「算你哩！噢！現在是說正經事呵！不准碰仙兒。」

龍鷹給她迷死了。

現在的小魔女，不但比以前更嬌嫩欲滴，色可傾城，且嬌豔裡內蘊清新脫俗的特質，天眞爛漫的少女神韻中又隱含成熟的風情，教他更難以抗拒。

小魔女嗔道：「有甚麼好看的，未見過女人嗎？還不快說？」

龍鷹道：「你爹當然是一口答應，還說我們可隨時洞房，但成親卻要等待時機。」

小魔女忍俊不住的笑道：「江山易改，本性難移。爹怎會這麼說？」

龍鷹好整以暇的道：「不信待會可以一起問他老人家。」

小魔女撫他臉頰，細審他的神情，喃喃細語道：「竟是認眞的，你這混蛋，是否將我們的秘密向爹招了出來呢？」

龍鷹苦著臉道：「你爹說你將應該說的和不應該說的，全告訴了他，小弟入世未深，不虞有詐。呵！」

小魔女在他的頸上狠噬一口後，笑臉如花道：「不認不認還須認，說了也好，讓他曉得自己的女兒落入無賴流氓之手。嘻嘻！今晚你可留在小樓過夜了，弄大了肚子也不怕。」

龍鷹呆瞪著她。

小魔女叉腰道：「看甚麼！還沒看夠嗎？」忽然又摟他個結實，獻上熱吻。

神魂顛倒間，青枝奔上樓來。

兩人繼續纏綿，天掉下來都不管，怎會避忌？

青枝嚷道：「榮公公來了，說聖上有旨，姑爺要立即入宮見駕。」

龍鷹心中一震，曉得有非常嚴重和緊急的事發生了。

上陽宮。仙居殿。

踏入主堂，龍鷹愈發感到事不尋常，不單胖公公來了，還有一個龍鷹做夢都沒想到會在宮內遇上的人——「僧王」法明。

榮公公送他到門外，立即退走，整個仙居殿大小院落都杳無人跡，顯是伺候武曌的太監宮娥，避往隔鄰的化城院或甘露殿去。與會的四個人，等於現存的魔門，確只是剩下他們四個人仍然活躍。其他派系該仍有餘生者，像花間女般，可是她根本不認爲自己是魔門的人，又或隱姓埋名，永遠不提及自己出身的門派。

武曌居中靠北而坐，法明和胖公公分坐兩旁。女帝鳳目生煞，神情肅穆；法明寶相莊嚴，神氣內斂。不見三年，其魔功又見精進。胖公公亦收起平時常掛著的笑意，只向進來的龍鷹略一頷首，算是打過招呼。

武曌道：「坐！」

龍鷹在胖公公下席坐下。

凝結了般的氣氛，形成壓得人透不過氣來的沉重。

武曌沉聲道：「僧王收到一個消息，不但關乎我聖門的榮辱，亦直接影響天下蒼生，故漏夜來見朕。」又歉然道：「朕清楚邪帝難以分身的情況，可是由於事關重大，不得不急召邪帝，希望邪帝明白。」

胖公公插言道：「《御盡萬法根源智經》再次出世了。」

龍鷹一頭霧水的道：「是甚麼東西來的？」

法明一副得道高僧的神氣模樣，低宣一聲「阿彌陀佛」，不慍不火的悠然道：「《御盡萬法根源智經》是大明尊教的鎭派經典，便像《天魔策》之於我聖門，是思想、信念和武功心法的來源。此教在隋末唐初，曾盛極一時，在塞外尤爲活躍，與我聖門關係不錯，後來因事開罪了『邪王』石之軒，該教領袖之一的『善母』和數十弟子，被石之軒一夜之內殺得一個不留，而另一領袖亦喪命於徐子陵之手，只餘數人能活著離開中土，自此大明尊教雲散煙消，湮沒江湖，此經亦不知所終。有傳此經落入隋室遺冑『影子刺客』楊虛彥之手，可是楊虛彥飲恨於『玄武門之變』後，李世民曾派人遍搜楊虛彥遺物，卻沒有發現。」

龍鷹不解道：「既然非是我門之物，我們因何如此重視？」

武曌道：「半年之前，長安獨孤家的獨孤善明，花了五千兩黃金從一秘密來源，購得《御盡萬法根源智經》。本來此事極端秘密，可是獨孤善明怕被騙財，在交易前請對方抄下隨意挑選的五頁，予有資格的人看，以辨別眞僞。」

龍鷹眉頭緊蹙的道：「誰人有此資格？」

法明微笑道：「其中一人正是本王。獨孤善明親來見我，不說出處來源，只求本王給出一個評價。本王看完後，告訴他這肯定是一種早已絕傳的厲害武功，獨孤善明千恩萬謝的大喜而去，本王亦沒有將此事放在心上。直至獨孤善明全家遇害的消息傳來，方生出警覺。」

胖公公道：「邪帝或許不清楚獨孤善明的武功家底，所以只當是普通謀財害命的騙局。

獨孤閥乃隋朝四大世閥之一，與李閥、宋閥和宇文閥齊名於世，家傳武功固是非同小可，他本人更是嗜武如狂，隱爲當今獨孤世家的第一人，在長安亦是數一數二的高手。加上他愛招攬江湖上武功高強者，所以長安府第內稱得上一流高手者，至少有七、八個之多。可是在一夜之間，府內二百二十人，上自獨孤善明，下至婢僕巡犬，竟沒有人能逃過毒手，脫圍逃出。情況有點像『邪王』石之軒屠殺大明尊教的重演。」

武曌雙目殺氣遽盛，道：「我們要多少人才辦得到同樣的事？」

龍鷹倒抽一口涼氣，道：「沒有驚動鄰宅的人嗎？」

法明道：「獨孤善明的大宅位於永安渠之旁的布政坊內，地近皇城，鄰近全是達官貴人的府第，竟沒有人聽到慘叫或打鬥的聲音。初時還懷疑兇手用毒，但建安王檢查死者，發覺下手者武功各異，顯示在令死者致命的傷勢上，且絕對不類中土的內功心法。高手當是來自中土之外。」

建安王便是武攸宜，現爲京畿道節度使兼長安總管，武曌還使他出任左羽林軍大將軍之職，現時在武氏子弟裡，武三思外便數他官職最高，皆因他曾打過一、二場小勝仗。

法明道：「血案不但轟動長安，弄至人心惶惶，還傳遍江湖，可說直衝著我大周皇朝而來。建安王立即飛報聖上。」

武曌道：「朕感到事不尋常，當時仍不知道有《御盡萬法根源智經》牽涉其中。只想到天下間，只有兩個勢力有此實力。」

法明苦笑道：「一個是大江聯，另一個就是我這被師姐懷疑的可憐師弟。長話短說，本王奉聖上之命，秘密走了一趟長安，見到獨孤善明的親兄獨孤善亮，原來善明拿出來的五千兩黃金，其中二千兩是問他借的，故他也知道點來龍去脈。向善明兜售《根源智經》者，是來自大食卻自稱是古波斯人的行腳商。此人還向善明透露他的父親是大明尊教的人。」

龍鷹記起波斯已被大食國滅掉，點頭道：「此事確非常古怪。」

法明道：「本王窮三天時間，檢查每一具屍體，得出結論，就是兇手在十三至十五人間，來自不同的武技傳承，如若本王陷身他們的圍攻裡，即使以本王的『不碎金剛』，恐仍沒法突圍逃走。」

龍鷹失聲道：「有這麼厲害？」

武曌道：「大明尊教要向我們報復滅教之仇了。」

胖公公分析道：「獨孤善明是因他的嗜武如狂，加上家世地位，又居住於西都最繁華的區域，故成了敵人的目標。除本門其他派系外，就數大明尊教最熟悉我們。如果我們所料不差，對方使的是引蛇出洞之計，衝著我聖門而來，更從我們將兩派六道連根拔起，隱隱猜到我們的身分來歷，只是苦無證據。」

龍鷹終於察覺到事情的嚴重性。如此可怕的一群高手，兼之是有備而來，計劃周詳，一旦讓其掌握證據，揭破女帝與魔門的關係，可不是說笑的。其後果可能比武氏子弟當繼承人更不堪。

道：「這種事，怎可能有證據呢？」

法明道：「除驗屍外，本王還使人查過與聖上武家有關連的人，的確有幾個清楚當年情況的長者神秘失蹤，到現在仍沒法尋回來。」

武曌大怒道：「朕要將這批膽大包天之徒，全體處死，一個不留，那本鬼經便給朕燒了它。」

胖公公道：「聖上千萬勿要動氣，對方這招叫『投石問路』，逼聖上派出本門高手去對付他們，只要有人質落入他們的手上，可證實他們的猜測。現在我們正被對方牽著鼻子走，淪於被動，而聖門則只有我們四個人，任何輕舉妄動，不單牽連到我們得來不易的帝皇霸業，更關係到聖門的生死存亡。」

武曌回復冷靜，道：「公公有何妙法？」

胖公公道：「這已非官府能管得到的事。哼！江湖事江湖決。如此一批高手，怎肯甘心蟄伏？一計不成定會出另一計，逼我們不得不出手。我認爲只要邪帝親自出馬，定可殺對方一個人仰馬翻。」

武曌皺眉道：「只得邪帝一人，不嫌實力單薄嗎？」

胖公公道：「一個人有一個人的好處，邪帝勝在能化身爲另一人，如此必大大出乎敵人料外，事半功倍。」

武曌向法明道：「僧王也有化身之術。」

法明欣然道：「給我一晚時間便成，保證除體形外，其他都可瞞過任何人。」

朝龍鷹笑道：「能與邪帝並肩作戰，是法明的榮幸。」

武曌向龍鷹抱歉的道：「事非得已，不得不請邪帝辛苦一趟，仙兒剛回來，朕又要將你從她身邊拿走，朕也知是不近人情，只恨再沒有另一個選擇。」

龍鷹駭然道：「難道要明天出發嗎？」

武曌苦笑，朝法明瞧去。

法明合十道：「明天正午，法明在伊水之濱恭候邪帝大駕，用雙腳走路比較方便。」

龍鷹做夢都沒想到會與法明攜手去做某件事，還有甚麼好說的，點頭答應。

胖公公頭痛的道：「邪帝有甚麼可瞞過任何人的藉口呢?例如國老。」

武曌道：「說是奉朕的命令，出使到吐蕃去吧！不過務要請國老嚴守秘密。」

龍鷹痛苦的道：「那肯定不但小魔女要隨小民去，人雅她們都不肯放過我。」

胖公公哈哈一笑，道：「公公想到哩！」

三人目光往他投去。

第五章　厲害絕著

正當三人目光全落在胖公公身上之際，胖公公取出個小銅鑼，以小銅鎚敲了一下。鑼音遠傳。

胖公公好整以暇的向法明道：「事情大致如此，如有變化，邪帝明天會盡告僧王。時間緊迫，請僧王立即返回僧王寺，安排一切，務令敵人以爲僧王明天之後，仍留在寺裡唸經說法。」

法明沒有露出絲毫不悅之色，合十道：「一切如公公的吩咐。」

武曌頷首不語，顯然對胖公公爲她拿主意習以爲常。

令羽的聲音在門外響起道：「聖神萬安！飛騎御衛將軍令羽在！」

胖公公道：「貴客起行，令將軍預備馬車快舟。」

令羽大聲答應。

胖公公向法明微笑道：「僧王請！」

法明離開後，武曌向肸公公皺眉道：「有何特別的事，不可讓法明與聞？」

肸公公回復平時笑口常開的親切神態，道：「聖上明察，小心駛得萬年船，我們現時有關獨孤善明的慘案，消息主要來自法明，而他亦沒有解答我們最大的疑惑，所以不得不防他一手，以保著我們的邪帝。」

武曌大感其趣味性的道：「最大的疑惑是甚麼呢？」以龍鷹的才智，亦掌握不到肸公公腦袋內轉的念頭。

肸公公道：「正是邪帝剛才的疑惑，就是這種事，怎可能有眞憑實據？如此大開殺戒，可以起怎麼樣的作用？」

武曌同意道：「口說無憑，可是對方當然不會白花氣力，做一些全無意義的事，還動輒招來殺身之禍。」

肸公公輕鬆的道：「因爲根本不需要眞憑實據。」

武曌和龍鷹同感錯愕。

這叫「神又是他，鬼又是他」。龍鷹當然曉得肸公公尚有下文，對他的老謀深算，龍鷹固是信心十足，與肸公公長期並肩作戰的女帝，會比自己更清楚。

胖公公道：「同一件事，同一句話，在不同的形勢氣氛下說出來，可收到完全不同的效果。現時即使任何人走出來，冒死指證我們的出身來歷，也難以動搖我們分毫，只是死得快一點。所以敵人必須營造出最適當的時機。」

稍頓續道：「從得知與大明尊教直接有關係，公公便猜到這是栽贓嫁禍之計。須知大明尊教與聖門關係千絲萬縷，連我們自己亦弄不清楚，在外人眼中，更視大明尊教和聖門為一丘之貉，此正為敵人用上《御盡萬法根源智經》的因由，巧妙至極。能想出如此毒計者，肯定非是尋常之輩，且必有厲害後著。」

武曌擊節讚賞道：「公公的分析細緻入微，精采絕倫。」

龍鷹大力一拍扶手，歎道：「這是大江聯精心籌謀的調虎離山之計。」

胖公公欣然道：「邪帝果然才智高絕，一點便明。不過讓公公提醒你，此事肯定有大明尊教的餘孽在其中興風作浪，憑著對聖門的認識，推測出大概。有些事，是沒法憑空想像的。」

龍鷹明白過來。

當年他的假師父杜傲，也曾對女帝起疑，不明白她憑甚麼對魔門瞭如指掌。婠婠肯交出經卷，已不符聖門中人的利己作風。可是只有魔門的人，始會生出疑心。

胖公公續道：「敵人挑中獨孤善明，絕非偶然，首先是獨孤善明在江湖上的名氣。此人交遊廣闊，相識遍天下，殺他可造成最震撼的效果。其次，也是最重要的，世家大族因受李唐蔭庇，故都是廬陵王的支持者。而獨孤氏和宇文氏，是世族裡的世族，於聖上用人唯才、不論出身的政策下，受害最深，因此對廬陵王的支持更是不遺餘力，派往房州保護廬陵王的高手，正是以兩大世家和關中劍派為主。現在連武功高強的獨孤善明亦全府遇害，嫌疑最大的，不用說出來也知道會將矛頭直指聖上。且血案有鮮明的警告意味，會令刻下在房州的各派高手人人自危，怕禍及家族。且此事已激起江湖公憤，白道的厲害人物都會趕赴西京，看如何為獨孤善明討回公道。」

接著壓低聲音道：「試想想以下的一種情況。廬陵王忽然遇襲，不論是生是死，同一時間傳來消息，說獨孤善明臨死前曾修書一封，寄給他的至交好友，說他懷疑聖上出身於聖門，會有何後果？這是不用真憑實據的『真憑實據』了。」

龍鷹不解道：「獨孤善明怎會寫這麼的一封信？」

胖公公歎道：「你在戰場上確無人能及，但說到玩陰謀詭計，則只是個搖旗吶喊的小卒。這麼一封死無對證、白紙黑字的證據，可使人假冒，並在獨孤善明被殺前數天寄出去。又可透過出售《御盡萬法根源智經》的人，先向獨孤善明透露，以獨孤善明對武周的憎恨，會不理眞假，向能分享秘密的人提起，到時這些人證在激憤之下，站出來證明這封信是眞的。那時不論我們如何闢謠否認，肯定沒人相信。」

龍鷹頭皮發麻的道：「此計非常毒辣，且無從化解。獨孤善明之所以遇害，正因他知道了不該知道的事。」

武曌出奇地冷靜，點頭道：「這樣的說法，該已在江湖暗裡流傳，我們該如何應付？」

胖公公一字一字的緩緩道：「在大火仍在火苗時，將它撲熄。」

武曌鳳眉輕蹙，輕柔的道：「如何可以辦得到呢？」

龍鷹聽出女帝心中對胖公公的感激。如論老謀深算，武曌亦要差胖公公半籌，自己更不用說。

胖公公哈哈一笑，道：「敵人要玩陰謀詭計，我們便以手段對付他們的手段。邪帝和僧王不是到長安去，目的地改爲房州，此爲第一步。」

武曌擔心的道：「敵人可在任何一刻對顯兒發動突襲，最怕是遲了一步。」

胖公公胸有成竹的道：「若有那麼容易，廬陵王早死了。特別是傳來獨孤善明遇害的消息，整個房州城正處於高度的戒備狀態，令敵人沒有可乘之機。不過這種情況沒可能無休止的堅持下去，當懈怠下來的一刻，將是敵人動手的機會。」

女帝有感而發的道：「每當情況緊急，公公都可以比朕冷靜，思慮無有遺漏。」

胖公公向龍鷹笑道：「小邪帝老兄，不要只得公公一個人自說自話，你好該給點意見。」

龍鷹苦笑道：「我只想到要逼對方出手，那小子便可早點回來陪伴嬌妻。」

武曌道：「逼對方出手，正為其中關鍵，但時間上必須準確拿捏。」

胖公公道：「逼敵人出手，可分三方面進行。第一步是明天早朝時，聖上正式公佈對西京獨孤善明慘案的處理，顯示全力緝兇的決心，並將大明尊教列為邪教，不容他們在中土有立足之地。」

武曌道：「朕早已準備這麼辦。但應否立即將大江聯打為叛逆呢？」

龍鷹忙道：「待小民摸清楚大江聯的虛實後，再交由聖上定奪。」

武曌頷首不語。

胖公公道：「另一方面，是委由國老全權處理慘案的重責，那時只要小鷹忽然失蹤，誰都會以為他到西京長安去了。」

武曌終現笑容，道：「這是『明修棧道，暗渡陳倉』之計。」

胖公公深吸一口氣道：「現在輪到最厲害的一著了。」

在兩人的注視下，胖公公淡淡道：「就是將廬陵王接返神都。」

武曌一雙龍目立即芒光遽盛，盯著胖公公。

龍鷹則呼吸頓止，靜待武曌對此關乎中土盛衰的問題的答案。

龍鷹與胖公公步出御書房，呼吸著御園花草晚夜的氣息。

胖公公道：「快亥時了，你要到哪裡去？」又笑道：「公公有個提議，我陪你一起去見老狄，然後將小魔女接到甘湯院來，可免去你分身乏術之苦。來！到馬車上再說。」

坐好後，馬車起行。

龍鷹低聲道：「公公不信任法明嗎？」

胖公公道：「只聽你這句話，知你自以爲與法明的關係大有改善，大減對他的防範之心。讓公公點醒你，人有個很壞的傾向，就是愛憑一己的主觀意願，去塑造遇上的人。例如對方的笑容，某個動作眼神，又或某一番話，便自以爲是的認爲那才是對方的眞我，以偏概全。不要以爲這只限於泛泛之交，即使是知交好友，甚或相處了半輩子的伴侶，要待對方做出你從未預料過的行爲，才猛然驚覺對方有如陌生人。」

龍鷹點頭同意。自己確有胖公公描述的毛病。當法明向他道出傷心往事，他的確對法明改觀了。對張氏兄弟、對武三思亦是如此。而直至此刻，他仍沒法像其他人般鄙厭來俊臣，因爲他接觸不到他們陰暗的一面。

胖公公道：「這亦證明你是個好人，好心腸者最愛以己度人，自己如此如此，對方也該如此如此。但人的本質是怎樣便怎樣，雖會根據形勢變化調節和僞裝，最終仍會顯露本性。所以最易騙的是好人，最難騙的是騙子，因爲當他以自己的一套強加於別人身上時，會以爲其他人都在騙他。」

龍鷹道：「法明在騙我們嗎？」

胖公公道：「他不會害聖門，卻會害你。告訴公公，假設法明要登上帝座，你會支持他嗎？」

龍鷹道：「當然不會。」

胖公公哂道：「就是如此這般的簡單。且沒有了你，在李氏子弟和武氏子弟都是那麼不濟時，法明將是武曌唯一的選擇。」

甘湯院。夜深人靜。

龍鷹拉著小魔女的手，到後園的亭子看星空。人雅三女和青枝的歡笑聲從膳房傳來，正忙著弄延遲了的晚膳，因爲龍鷹尙未有吃東西的機會，而小魔女和青枝則空著肚子直等到他回國老府。

小魔女馴服地坐到他腿上去，撒嬌道：「仙兒不依呵！人家床尙未睡暖便撇下人家，自己一個人去闖蕩江湖。」

龍鷹道：「我不是去……」

小魔女封著他的嘴，唇分後嗔道：「出門便是江湖，又不是去打仗，不准砌詞狡辯。快說如何安置我。」

龍鷹道：「你爹不是……」

小魔女重施故技，以香吻中斷他的話，苦惱的道：「爹不知中了你甚麼巫法，只懂站在你那一邊說話。仙兒甚麼都不管，休想撇下人家。」

龍鷹頭痛的道：「青枝呢？」

小魔女理所當然的道：「仙兒拿她沒法。鷹爺去說服她好了。」

龍鷹苦笑道：「那等於她也隨行。唔！也不是全無辦法。」

小魔女歡呼道：「成功哩！」

龍鷹沉吟道：「待我想清楚點。」

小魔女道：「不准想！」說畢也感到自己的橫蠻，發出悅耳的笑聲。

龍鷹給她迷得暈頭轉向，湊到她耳邊說出一番話來，小魔女聽得不住點頭。

再送香吻後，小魔女正容道：「端木姑娘著仙兒轉告鷹郎，她因師尊即將入靜關，故必須留在靜齋，暫時沒法下山。」

龍鷹訝道：「你不是一向喚她作師父嗎？」

小魔女喜孜孜的道：「不喚她做師父有很多好處，首先是不用守靜齋的諸多清規，是傳人而不是弟子。」

龍鷹皺眉道：「有分別嗎？」

小魔女淘氣的道：「哪管有沒有分別，最重要的是不用守規矩。嘻嘻！」

龍鷹道：「你見過師父的師父嗎？」

小魔女道：「見過兩次。」

龍鷹失聲道：「整整三年，竟只見過兩面？」

小魔女故意輕描淡寫的道：「有甚麼好大驚小怪的？也很難怪你，不像仙兒般見慣世面。哈！笑死人哩！噢！」

龍鷹重重在她香臀打了一下，道：「希望小魔女大姐認清楚世易時移，勿要莊閒不分。」

小魔女瞇著眼看他，直至他不敢投降，苦笑道：「對！對！不懂分莊閒的正是小弟。大姐請繼續說下去。」

小魔女初戰小勝，得意洋洋的道：「齋主因要做入靜關前的準備工夫，所以閉關修行，肯見我們，已是我和青枝的大福分。」

龍鷹道：「靜關是怎麼一回事？」

小魔女道：「這個仙兒不清楚，恐怕你要問端木姑娘方有答案。」

龍鷹道：「你和青枝在靜齋的三年，學到甚麼本領呢？」

小魔女道：「如果你拿這個問題去問青枝，她可以滔滔不絕的吱喳上三天三夜。問人家嘛！便是將以前學來的劍式哩、刀法哩、槍術、矛技全一股腦兒忘掉。」

龍鷹失聲道：「忘掉！」

小魔女理所當然的道：「是齋主親身指點，現在已差不多忘個一乾二淨了。」

龍鷹道：「她們有沒有讓仙兒讀《慈航劍典》？」

小魔女道：「尚未忘得夠乾淨，怎可以看呢？」

龍鷹想起端木菱常掛在口邊的「一切隨緣遇」，這或許是無欲無求的另一種說法，不經營，不強求，一切但憑機遇，隨遇而安。忘掉一切是非等於忘我，忘掉過去和平常的我，從而登上更高的層次。端木菱的仙胎或許正是此心法的產品，類似自己的超越死亡，想做到當然是難比登天。

人雅嬌嫩的聲音遠遠傳來道：「狄小姐、鷹爺，夜飯預備好了哩！」

小魔女明眸閃亮道：「我最愛聽人雅的聲音，看她的神態。」

龍鷹大聲應了人雅的呼喚，將小魔女橫抱而起，吻她臉蛋道：「她們也愛見到你。哈！讓我們來預演一次未來的家庭樂，然後今晚努力點，看可否弄大小魔女的香肚？」

小魔女「噗哧」嬌笑，咕噥道：「香肚！用辭不倫不類。唔！」

龍鷹一邊痛吻她，一邊朝內堂舉步。

那種與懷抱裡天之驕女愛得死去又活來的滋味，令他忘掉了扛在肩頭的重擔，回到只能存在於夢域的迷人天地。

第六章　魔門雙煞

龍鷹騰身而起，落往艇尾。

法明微笑道：「只看邪帝想坐艇，知不是到西京去，往南順流到伊陽，再棄舟登岸如何？」

龍鷹的醜臉現出個笑容，輕鬆的道：「僧王確是聰明人，終於想通了敵人聲東擊西之計，便如僧王提議。僧王化身有術，差點認不出法駕。」

法明背著艇頭，面向龍鷹，雙槳划入河水去，艇子靈活地掉頭順流南下。

此刻的法明再沒有絲毫高僧的味道，只像個刀頭舐血的江湖人物，頭紮英雄髻，眉濃髮粗，左面頰還有道從髮根斜下至唇角的疤痕，將他的外貌完全改變了。腳下處放著一個小包袱。

法明淡淡道：「本王並沒有邪帝想的那麼有智慧，只是被胖公公的神態提醒，因而再作深思。本王絕不介意公公對我有提防之心，不過可在此以聖門立誓，絕不會在此行對邪帝有惡念。因爲如我們兩人不能衷誠合作，說不定會陰溝裡翻船，重則沒法活著回來，又或慘吃大虧。」

龍鷹咋舌道：「有那麼嚴重嗎？以僧王的不碎金剛，天下誰能損傷你？」

法明肅容道：「邪帝並沒有如本王般檢視遇害者的死因，故掉以輕心。以十多人之力，用迅雷不及掩耳的手法，且沒有人來得及發出呼叫聲，恐怕再多兩個僧王和邪帝仍辦不得，只此便看出敵人非是尋常高手。照本王猜估，下手者不單有大明尊教的餘孽，還有聖門的漏網之徒和來自天竺的可怕高手。他們不但衝著師姐而來，亦佈下讓邪帝上鉤的陷阱，故不怕邪帝干預，且無任歡迎。」

又吁出一口氣道：「獨孤善明給我看從《御盡萬法根源智經》抄下來的那幾頁武功，確是非常了不起的修練心法，難怪可令獨孤善明發狂。從經中擷取這幾頁者，該對《根源智經》有貫通和深刻的認識，光是這個人，已足以成爲我們的勁敵。沒有人能損傷我，邪帝在說笑嗎？丹清子那一掌，要我苦修兩年才能復元，而她中了我一腳後，仍像個沒事人似的捱至陽壽盡處，才羽化而去。邪帝太抬舉本王了。」

他說及丹清子時，語氣帶著來自深心的敬意。

龍鷹暗自咀嚼法明尊敬丹清子的心態，法明的聲音在他耳鼓內響起道：「看！過龍門哩！崖壁處便是著名的石窟。」

大大小小的窟龕蜂窩般密佈兩岸的石壁上，還有高低不同的石塔，若如進入神佛的奇異天地。

龍鷹道：「僧王仍想當皇帝嗎？」

法明歎了一口氣，道：「我不知道，真的不知道，以前我或可給你一個肯定的答案。」

龍鷹試探道：「是否因仙門一事呢？」

法明道：「仙門並不是一件事，而是眼前人世的終結和另一個開始。邪帝和我出身的情況不同，對聖門的感情更大有分別。事實上我和胖公公的目標並無二致，只是在達到的手段上出現分歧吧！」

龍鷹道：「僧王可否說清楚點？」

法明道：「路途漫漫，還怕沒機會說嗎？我們先弄清楚身分的問題，不可以你叫我僧王，我喚你邪帝的，直叫喚到房州去。」

龍鷹看他的模樣，知他早有定計，自己則在甘湯院胡天胡地，直至今早，不但沒時間去思索，到現在仍不太清醒。道：「僧王有何提議？」

法明道：「我們現在不但要瞞過敵人，還要瞞過官府和保護李顯的高手團，而這是絕對做不到的。只要我們踏足房州城，立即會成爲眾矢之的。」

龍鷹開始體會到任務的挑戰性，興致盎然的問道：「老哥有甚麼好主意？」

法明微笑道：「既然不論扮成何方神聖，均會遭人懷疑，我們便索性營造出最曖昧的兩個身分，牽動整個形勢。哼！形勢愈亂愈好，我們則是趁機混水摸魚，以免和任何一方正面硬撼。」

又從容道：「誰想得到邪帝會以這樣的方式，橫裡插進去，一副惟恐天下不亂的樣子？最妙的是敵人將永遠不曉得，弄得他們人仰馬翻的，竟是我們兩人。」

龍鷹像看著個完全陌生的人般，而胖公公昨夜的忠告仍縈繞耳際。人的確只看到自己喜歡看的東西，以自己的「偏」去概對方的「全」，因自己的局限只能掌握到別人的某部分，便當之是全部。

龍鷹道：「我們該扮作甚麼人，方可到房州攪風攪雨！」

法明雙目閃動著帶點瘋狂意味的異芒，沉聲道：「在聖門大劫後，碩果僅存的兩大聖門高手，聯合起來，向武周進行報復，目標正是大周女帝唯一的破綻弱點。」

舟速似箭，耳際生風。

法明每一槳划下去，均暗含眞勁，使快艇如在河面飛行，迅逾奔馬。

龍鷹啞然笑道：「老哥比小弟更膽大妄爲，無法無天。」

法明回復冷如冰雪的神色，淡淡道：「我現在的打扮模樣，與當年陰癸派一個元老高手，人稱『閻皇』的方漸離有七、八分酷肖，此人武功之高，尤在當時陰癸派的派主之上，且能負傷殺出重圍。我窮追五百多里，憑著對天魔功的深入認識，又欺他內傷未癒，也要經苦戰才能收拾他。」

龍鷹愕然道：「聖門當時竟還有如此厲害的高手，眞沒想過。其時圍攻陰癸派的人裡，沒有風過庭在嗎？」

法明平靜的道：「風過庭亦追過一陣子，但方漸離何等樣人，幾下手法便擺脫了他和巨鷹。我則是奉師姐密令，窺伺在旁，專門伺候他。」

又道：「事後我將他火化了。唉！對他我是存有一份敬意，不過大局爲重，不做出犧牲，如何成就不朽大業？」

龍鷹道：「沒有人曉得他已命喪僧王手上嗎？」

法明道：「除師姐外，胖公公亦給瞞著，邪帝該明白胖公公的心情。」

龍鷹道：「光是方漸離重出江湖，足可轟動武林。小弟又扮做哪個傢伙？」

法明臉上現出回憶的神情，緩緩道：「滅絕聖門的行動，由師姐透過秘密手法，在背後主持大局，情況之錯綜複雜，所動用的人力物力，是外人無法想像的。整個白道武林都動員起來，官府則全面投進去，但即使在這麼樣的天羅地網下，仍有三個人成功遁逃，其中之一正是你老弟。一個是方漸離，由我處置了。另一人卻需師姐親自出手對付，因爲師姐曉得，只我一人之力，或許留不住他。」

龍鷹駭然道：「何人厲害至此？」

法明道：「此人輩分之高，猶在師姐之上，與胖公公屬同輩，乃『四川胖賈』安隆的關門弟子，姓康名道昇，人稱『毒公子』。」

龍鷹道：「他長得像現在的我嗎？」

法明看看他的醜臉，微笑道：「不但一點不像，還截然相反。此人長得如玉樹臨風，自命風流，年過七十，仍只像三、四十歲的中年人，不論智計武功，均在當年的安隆之上。不過他因遭逢大變，雖能逃出生天，但爲掩人耳目，故以藥物將容貌毀去，變成閣下現在那副尊容。嘿！本王還要在你的面具上再做一番手腳。」

龍鷹凝神打量他半晌，歎道：「康某人開始感到方兄說謊的本領，不在你的武功之下。想好下一步了嗎？」

法明咬牙切齒的道：「我們還有別的路可以走嗎？爲了報我們的滅門之恨，我們先拿那賤人的兒子祭旗。」

龍鷹瞠目以對。

房州位處大江之北，漢水之南，北靠從西北往東南延展的武當山，漢水的支流在西面蜿蜒流過，直抵西面的大巴山，屬小城池的規模，不論交通、經濟或軍事，均無足輕重，亦可見武曌對李顯的故意輕視，令他想造反也無以爲憑。

反之，位於房州東面不遠處的襄州，卻是天下著名的軍事重鎮，也是山南東道節度使的治所。

襄州又稱襄樊，是著名古城襄陽和樊城的合稱。兩城隔著漢水，南北相峙，北接宛洛，南連荊宜，東臨武漢，西屏川峽，物產豐饒，地理優越。春秋戰國之時，南方的楚文化曾在此有過光輝的歲月，北方的中原文化，又經此流向南方，所以，在漫長的歲月裡，襄州始終是中土腹地政治、經濟、文化的中心。故有「水陸之衝，禦寇要地」之譽。有謂「夫襄陽者，天下之腰膂也。中原有之，可以併東南。東南得之，亦可以圖西北者也」。故千古以來，襄樊一直是兵家必爭之地。

龍鷹和法明棄舟登岸，急趕三天路後，抵達漢水之北，於高處遙觀襄州的情況。

龍鷹道：「我的娘！從未見過這麼寬的護城河。」

襄陽，位於漢水南岸，與樊城隔江對望，城周逾十里，牆高近三丈，闊丈餘，垛堞重重，開六門，不負天下堅城要塞的美譽。城北便以漢水為濠，東、南、西則引漢水為護河，平均寬度達三十丈，深逾二丈。

法明嘿然道：「勿要怪方某多言，康兄似乎又忘掉自己的身分。」

龍鷹陪笑道：「怎敢怪閣皇？康某自毀容後，性情大變，不時有古怪行為，胡言亂語，請閣皇見諒。哈哈！多一事不如少一事，我們兩個已是聖門碩果僅存的高手，理該珍惜小命，可是看閣皇領康某到這裡來，大有入城之意，令康某百思不得其解。」

法明冷然道：「我們到這裡來，當然非是送死而是索命。不知康兄可有留意，此區域河流眾多，來自長江的有漢水、沮水、漳水及其支流，屬淮河水系有游河、小林河、出山河和永名河，大小河流達五百條。古人說『不學《詩》，無以言』，我們則是『不懂水，無以戰』，而要掌握水道，則必須從襄州開始。」

龍鷹咋舌道：「康某還以為方閣皇只知好勇鬥狠，原來不但對山川地理瞭如指掌，且是謀定後動，每走一步，均有走此一步的道理。不過康某仍在擔心，怕未划艇或泅水到房州，已給人來個大圍攻，那時打也不是，不打也不是。」

法明終於忍不住，啞然笑道：「我和康兄最大的分別，是康兄直至此刻，仍尚未認眞想過如何取廬陵王之命，沒有絲毫聖門遺風。而方某人則早擬定了多個計劃，只需挑選其一，便可進行。」

龍鷹歎道：「方閻皇很坦白，眞怕你以假作眞，宰掉李顯。」

法明哂道：「弄垮李顯者，正是他自己，方某何用多此一舉？天下四分五裂，於本人有何好處？」

法明目光投往襄陽，胸有成竹的道：「李顯雖身居房州，但眞正的戰場卻在襄陽。房州城小人稀，不利隱蔽行藏，所以敵人若要圖謀不軌，必先在襄陽找尋立足據點，反之亦然。白道要保護李顯，定要嚴密監控襄陽。際此風頭火勢的時刻，襄陽已成龍蛇混雜、風雲際會之地。方某人敢說，只要我們踏足城內，立即會惹得各方人馬來摸我們的底子。」

龍鷹道：「論智計，康某當然以閻皇馬首是瞻，想弄清楚的，是如何打發來摸底的各路人馬？」

法明好整以暇的道：「那就要看對方認爲我們是何方神聖哩！」

龍鷹不解道：「閻皇認爲他們可立即認出我們的身分嗎？」

法明冷然道：「這要分兩方面來說。老夫臉上這道疤痕，是最好的標誌，雖然從沒有人見過。」

龍鷹失聲道：「從沒有人見過？方閻皇在說笑吧！」

法明淡然自若道：「目前在房州主持大局者，是在白道武林赫赫有名、漢幫的大龍頭于奇齡，皆因整個漢水流域，都屬他漢幫的勢力範圍。以幫會論，不計大江聯，漢幫亦僅次於竹花幫和黃河幫。但以武功論，于奇齡則肯定在其他兩幫的龍頭之上。當年我方漸離拚死突圍，便避不過他的『分光刺』，給他在臉頰劃了一記。所以只要有人將我的外貌形容出來，于奇齡會曉得是誰來了。」

龍鷹苦笑道：「我們現在是有福同享，有禍齊當。康某自嘆不如哩！如老哥你被認出是方閻皇，會帶來甚麼後果？」

法明開懷笑道：「終於洩盡以前曾受過的鳥氣。他奶奶的，你當我們是來和親嗎？當然是兵來將擋，水來土掩，鬧他個天翻地覆，愈亂愈好，理他娘的有甚麼反應。有甚麼是我們兩個落難兄弟應付不來的？當年對方精英雲集，佈下天羅地網，仍給我們突圍而去，今天在房州的所謂白道高手算甚麼東西？毒公子如此畏首畏尾，焉能成大事？」

龍鷹給他牽著鼻子走，更拿他沒法，搖頭歎道：「希望不會出現屍橫遍野，血流成河的場面吧！另一方面又如何？」

法明道：「另一方面才是我們的眞正目標。現時的情況是，武三思的和親團會在十天內到達房州，所以敵人若要發動，必須在這十天內動手。最精采的是李顯一方，根本不曉得和親團南來的事，不會特別加強戒備。就在這微妙的時刻，兩大聖門煞神大搖大擺的進入襄陽城，做刺殺前的準備工夫，以大明尊教爲主力的一方，該如何反應呢？此正爲混水摸大魚的最佳時勢。」

龍鷹擔心的道：「最怕他們以爲來的只是兩個混飯吃的江湖老卒，毫無反應。」

法明探手抓他肩頭，又駭然縮手，大吃一驚道：「因何我完全感應不到你的內氣？」

龍鷹笑道：「今次輪到康某一洩心頭悶氣。哈！言歸正傳，康某正洗耳恭聽。」

法明一臉狐疑神色打量他幾眼後，深吸一口氣，道：「我們鏟除的，只限於中土的聖門派系，可是其中一個派系，已在塞外落地生根。此派系的領袖趙德言，曾是突厥大汗頡利的國師。頡利被李世民擊殺後，趙德言不知所終。如果我沒有猜錯，大明尊教今次到中土來攪風攪雨，該有趙德言的後人在其中穿針引線，因而得到大江聯全力的支持。既然有聖門的人主事，怎會不曉得似是來混飯吃的兩個江湖老卒，正是曾稱雄一時的聖門頂尖高手？」

龍鷹道：「既然是江湖經驗豐富的大惡人，怎會惟恐人不知，大鑼大鼓的進城？」

法明點頭道：「對！毒公子終於明白自己在幹甚麼了。我們到城內找個地方大吃一頓後再說。」

說畢展開身法，掠下山坡。

龍鷹追在他後方，首次生出弄不清楚他是怎麼樣的一個人的古怪感覺。

第七章　橫衝直撞

百多人聚在渡頭，等待渡河大筏，過漢水入城。載滿人的大筏剛離渡頭，另一筏從對岸駛過來。

等待者有各式人等，住在這一帶的農民、商旅、城民又或江湖人物。龍鷹和法明雜在他們間，先不計兩人「目露邪光」，神色陰森，光是兩人如鶴立雞群的體形，已惹人注目。

他們自然而然的豎起耳朵，收聽眾人無聊下的談天說地和交換消息。其中最熱門的話題，是城內所有客棧旅館全告客滿，原來兩天前房州城忽然關閉城門，沒有特別許可者不准入城，與城內住民沒生意往來或關係者，均被勒令離城。又有人說聽到城內傳出鞭炮聲。正因如此，所有被逐者和想到房州去的人，全擠到襄陽來。

他們心知肚明，該是李顯一方收到神都來的好消息，曉得東宮解禁，武三思則率團來房州。爲保安全，故有此非常措施。

再等了一炷香時間，方輪到他們登筏，渡過寬逾三百尺的漢水，從被稱爲「小北」的臨漢門入城。

河風拂來，龍鷹縱目四顧，欣賞此堅城的獨特處。如論高城深池，固若金湯，天下無過於長安和洛陽。長安地處關中，右控隴、蜀二地，左扼崤、函兩關，前有終南、太華之險，後倚渭水、黃河之塹；洛陽則南臨伊闕，北靠邙山，東有虎牢，西有函谷；無不恃山河之險，將城池的防禦力發揮得淋漓盡致。

襄陽和樊城最優越處，不僅是寬三百多尺以上的護城河，更因其兩城隔江相依的特殊形勢。密佈的河流，更令攻城者難以圍困。誰能得此要塞，均可攻守自如。大江聯欲得飛馬牧場，最後的目標仍是襄樊。從這個角度去看，大江聯在襄樊必有佈置和經營。

城外江河四佈，城內亦是河道縱橫，部分是漢水支流，更多的是人工河道，盡得水運之利。遇路則架橋以通途，溝中流水潺潺、荷花飄香，際此盛夏時節，河岸秀木成蔭，梨白桃紅，百花競開，燦爛迷人。

渡江入城，兩人沒說過半句話。

全城由連接東南西北四門的幹道貫通，主道外的大街小巷井井繩列，如規如矩，整齊有致。主街兩旁店舖林立，不過凡與旅館、客棧有關的，都高掛「客滿」的牌子，食肆內不但插針不入，門外且有人大排長龍。街上人頭湧湧，令人望之生畏。

龍鷹歎道：「在到襄陽前，若有人告訴康某人城內是這麼一番情景，老子打死都不相信。今晚恐怕我們要在街頭露宿一宵了。」

又訝道：「有敵人嗎？方閻皇因何不住目露凶光？」

法明沒好氣道：「難道方某該目露慈祥嗎？有時方某眞不明白毒公子昔日如何縱橫天下，打遍塞內塞外？現在卻只像個初出道的雛兒。」

接著冷哼道：「康老怪以爲今晚還有睡覺的時間嗎？點子來了！」

兩人以束音成線的功法，將說話只送進對方耳內，若有人在旁竊聽，卻聽不到任何聲音，即曉得他們非是等閒之輩。

龍鷹如他般察覺到有五個人，看神態打扮該屬地方幫會的人物，從一間米舖走出來，切入行人道的人流裡，朝他們迎來，還裝作沒注意他們的模樣。

雙方迅速接近。

其中兩漢倏地加速，以肩撞肩，另三人墮後兩、三步，作爲支援。

「砰！砰！」

撞向法明的漢子應肩撞往後挫跌，直撞往後方三個同夥，那三人自然伸手去扶，豈知後續勁氣從被撞跌的漢子身上傳來，四人全變做滾地葫蘆。

撞向龍鷹的漢子則像撞不到人用錯力道般，在龍鷹後方直仆地上。原來龍鷹往右一晃，避過他肩撞後再用肩頭移後撞他一下，等於龍鷹和他合力狠推他一把。

途人驚呼駭叫，四散避開。

法明閃電移前，劈手執著其中一人胸口，提小雞般將他從地上抽起來，令他雙足離地寸許，雙目射出森冷寒芒，直望進那人眼內。那人雙目現出如在夢魘的迷惘神色，臉容扭曲，似陷在極大的痛苦裡。

法明忽又鬆手，那人像堆爛泥般癱在街上。法明大步踏出，忽起一腳，將掙扎著要爬起來的另一漢子踢得拋飛街上，駭得駛經的一輛騾車上的御者慌忙勒騾煞止。

對面街的行人紛紛停步，看這邊的熱鬧。

法明向連爬亦不敢爬起來的兩個漢子道：「如非近年來收了火氣，老子會將你們的膽挖出來看看，憑甚麼敢來惹我。哼！」

龍鷹來到他身旁，與他並肩離開混亂的現場，傳音道：「方兄的火氣真大，但記著小不忍則亂大謀。唉！難怪老哥說今晚沒時間睡覺哩！」

法明啞然笑道：「康老怪當我們到這裡來是布施行善嗎？剛才方某整治那人的手法，是我陰癸派的獨門手法，能使人氣血逆流，痛苦不堪，一個時辰內皮膚如給觸碰，會像針戳般難受。方某可保證只要有點識見道行者，均曉得誰人來了。」

龍鷹歎道：「現在康某再弄不清楚，究竟你是僧王還是閻皇？你奶奶的！」

法明責怪的盯他一眼，改為普通交談，道：「找個地方大吃一頓如何？」

龍鷹沒好氣的還瞪他一眼，心忖不要說素菜館，連找個食攤都要排隊。

法明領著他轉入一道橫巷，然後展開腳法，左彎右轉，走了至少一盞茶的時間，忽然止步，笑道：「方某絕不會虧待你康老怪！看！這不但是吃東西的好地方，還有美人兒餵你這色鬼吃。」

龍鷹抬頭望去，寫著「麗人院」的金漆招牌，映入眼簾。

法明和龍鷹踏入院門，兩個把門的大漢正要攔著，忽然臉露驚駭神色，往兩旁退開去。若有人從外面望進來，會以為他們在歡迎兩人大駕光臨，龍鷹卻知道法明憑天魔氣場，逼開兩人。

法明雙目神光掃視兩人，冷冷道：「從來沒有人敢教本人吃閉門羹，有這麼大膽量的全給老子送往地府去。」

說話時與龍鷹腳步不停，大搖大擺的往主堂走去。兩個把門大漢平時亦是橫行市井的人物，此刻卻被法明的凶焰壓制得噤若寒蟬，只能目送兩人登上石階，進入麗人院的正大門。

麗人院即使不是襄陽最大的青樓，也至少是數一數二。迎客大堂寬敞闊落，佈置華麗，雖遠比不上芳華閣的典雅書香，卻是富麗堂皇。所用家具，名貴考究。五組招呼客人的桌、椅、几，均為酸枝木製，地板鋪砌雲石，在十多盞掛在樑柱的八角宮燈映照下，有種夢幻般的氣氛。

此時五組桌椅坐滿客人，十多個年齡不過十八的俏麗婢女，如穿花蝴蝶般斟茶遞水，伺候賓客。鬧烘烘一片。

法明目露凶光的掃視全場，冷哼一聲。他並沒有提氣揚聲，可是堂內每一個人，無不聽得耳鼓生痛，心生驚惶。

大堂驀地靜下去，目光全往他們兩人投來，人人驚異不定。

龍鷹暗歎一口氣，這該算是他第二次光顧青樓，只沒想到是在這樣的情況下。法明現在是名副其實的「閻皇上身」，當足自己是「閻皇」方漸離，言行舉止，總帶著說不出來的邪惡殘忍味道，令人見之心寒。

正與其中一桌客人談笑風生、打扮得花枝招展的中年美婦，目光往兩人投來，發出一陣嬌笑，道：「噢！原來有貴客光臨，請恕花娘怠慢之罪。」說時不住往兩人拋媚眼，還婀娜多姿的朝他們迎來。

當她經過一個俏婢身後時，詐作嬌柔無力的抓了俏婢香肩一下，才繼續往龍鷹和法明走去。龍鷹暗讚她老練，一看便知他們非是善類，遂教俏婢偷偷溜去找夠資格應付他們的人，到來支援。

花娘邊行邊道：「各位大爺喝茶聊天呵！」

大堂又回復熱鬧，但談話聲明顯節制，可見仍在顧忌兩人。

兩個俏婢趨前先送上抹臉的熱巾。法明毫不客氣的順手在俏婢香臀捏了一把，俏婢何曾遇上過如此粗野無禮的客人，嚇得花容失色，卻是敢怒不敢言。

花娘若無其事的直抵兩人身前，風情萬種的嬌笑道：「兩位大爺高姓大名？好讓奴家的女兒們有個稱呼。」

法明貪婪的目光從頭看到她的腳，又從腳回到她臉龐，淫笑道：「我叫張三，他叫李四。」

換過任何人，對他這擺明用來搪塞的兩個名字，都會心生不悅，偏是此女雙目溜轉，容色不變地笑道：「原來是張大爺和李大爺。」又蹙起眉頭歉然道：「隨奴家來好嗎？這裡擠得沒空位子呢！」

龍鷹怕法明鬧事，忙道：「花娘請帶路。」

花娘鬆了一口氣般，轉身領著兩人朝後院的方向舉步。

看著她搖曳多姿的背影，心中想的卻是與他並肩而行的法明。可以想像直至他登上僧王法座之前，這傢伙一直過著清規戒律森嚴的佛門生活，長期壓抑下，宣洩悶氣的其中一個辦法，就是擺脫萬眾景仰的僧王身分，徹底變成另外一個人，代入諸如「閻皇」方漸離的腳色，否則不能如此駕輕就熟，從有道高僧化爲好色好肉、橫行霸道的人物。

主堂後是個圓形的荷花池，兩旁遍植花木，兩條碎石小徑繞池而過，在荷花池另一邊再二合爲一，往前延展，一座座燈火通明的房舍林立兩旁，傳來夾雜在管弦絲竹聲裡男女調笑的聲音，確是能使人渾忘日辰的溫柔勝地。

兩人隨花娘繞過荷花池後，兩個提著紅燈籠的俏婢迎上來，向花娘報告道：「稟上花娘，碧桃苑已打掃妥當，可招呼兩位大爺。」

花娘明顯想不到的怔了一怔，只是沒法質問兩婢因何做此安排，亦知必是上頭的吩咐，道：「給兩位大爺帶路。」

兩女嬌應一聲，掉頭提燈深進。

花娘待兩人來到兩旁，左右手探出，挽著他們的臂膀，嬌聲道：「碧桃苑是我們麗人院最大最豪華的花廳，平時不讓人預訂，只用來招呼特別嘉賓，所以兩位大爺勿要怪人家招呼不周哩！」

法明今次倒守規矩得很，沒有乘機佔花娘的便宜，心平氣和的道：「我這個人並不難相與，娘子給我弄一桌精美的酒菜，找來最當紅的小姑娘，本人定重重有賞。」

花娘「呵喲」的嬌呼一聲，撒嬌的道：「要人家最紅的女兒陪大爺，需一點耐性才行。大爺肯定是風月場裡的高手，當然也是明白人哩！」

法明淡淡道：「沒關係，只要有娘子你陪我，等多久都成。」

龍鷹愈來愈發覺法明殊不簡單，看似任性而爲的每一著，背後總暗藏玄機，可說是自他踏入襄陽城後，便牽動整個錯綜複雜的形勢。

第一步是引人注目，故意招搖入城，惹得地方幫會的人出手試探，法明遂露了兩手，做出轟動全城的效果。不用猜也知道，被驚動的幫會，立將兩個不知身分的厲害邪人入城的事，向官府和保護李顯的白道集團送出消息。同時發動所有眼線，搜尋兩人蹤影。

第二步則是強闖青樓，且是規模最大的一所。眾所周知，任何青樓，必與地方幫會和官府緊密勾結，老闆更必是地方上吃得開、有頭有臉的人物，本身已有足夠應付來搗亂惡客的實力，此正爲花娘剛才感到驚異的原因，因以爲會立即收拾他們，怎知還要招呼他們到最豪華的花廳去。不用說此廳環境隔離獨立，方便圍攻。

花娘的上頭正因收到風聲，曉得兩人並不好惹，故一邊施拖延之計，一邊派人飛報有關人等，調集高手。

花娘的浪笑聲傳入龍鷹耳內，喘著氣道：「陪便陪吧！兩位大爺粗壯如牛，女兒家當然歡喜粗壯的男子漢呵！」

龍鷹又想到如大江聯要在襄陽生根，最佳的辦法是經營青樓，便像宋言志於揚州般，既便於收集情報，亦容易與當地豪強、官府打好關係。法明既有成吉爲他在神都主持青樓業務，自是曉得這個道理。所以今次闖青樓非是亂闖，而是故意爲之。

此時走出竹林，一道人工小河橫流而過，提燈小婢登上木構拱橋，一座獨立的房舍坐落小橋另一邊，門前左右高懸八角宮燈，廳堂燈光火著，四周林木環繞，果然是別有天地，幽深雅致。

此時的法明比身爲色鬼的龍鷹更像色鬼，「嘿嘿」淫笑道：「粗壯是一回事，還需功夫上的配合，本人保證不會令花娘子失望。哈哈！」

花娘用高聳的胸脯輕撞龍鷹一下，笑道：「李大爺不愛說話嗎？還是對奴家的蒲柳之姿，不感興趣呢？」

法明啞然笑道：「他恨不得將花娘子一口吞下去，只因曉得花娘子今晚是我的，所以不想白花氣力。哈哈！」

龍鷹縱聲笑道：「張三兄眞懂說笑，不過念在大家一場兄弟，到你力有不逮時，記著大聲求救，小弟定會趕來幫忙。哈！」

花娘顯然受到指示，蓄意討好兩人，好使他們不起戒心，不但不以爲忤，還分別向他們各拋一個媚眼，笑得不知多麼開心迷人。談笑聲中，五人先後登階，步入華美如宮廷的碧桃苑。

碧桃苑是個長方形的廳堂，坐北朝南，三面開窗，通透清爽。北端放置兩組臥椅，旁設茶几。兩邊各有几椅，靠門處置圓桌，一式楠木，木香木味，再飾以字畫擺設，華麗裡又隱藏古樸之意。

最有特色的是靠北端上撐橫樑的兩根立木柱，以兩條附柱爭珠的銅龍作雕飾，造型生動，維肖維妙，頓令廳堂生色活潑。

廳堂早有兩個美婢，正爲客人燒茶煮酒和準備小吃糕點，看樣貌均不似漢女，若論身材姿色，均在提燈俏婢之上，眉梢眼角盡是風情，不時用眼偷瞄兩人，被發覺又裝害羞的垂下頭去，臉蛋紅紅的，誘人至極，但落入龍鷹眼中，卻敢肯定是大江聯經專人一手訓練出來，用來勾男人魂魄的秘密武器。

愈清楚大江聯，愈發覺主持大江聯的人不簡單，像眼前的青樓，已遠超出突厥國師寬玉識見的範疇，須深悉中土文化者，才能有如此佈局。

提燈女婢掛起燈籠，過來請兩人到北端上座，龍鷹正要舉步，花娘「嚶嚀」一聲，原來竟給「酒肉花和尚」法明摟個結實，狂吻香唇，一雙手似在她嬌軀胡亂摸索，龍鷹卻知他正憑獨特催情手法，挑起她的慾火。

花娘子今趟有難了。

第八章　碧桃風雲

帶路的俏婢們隨花娘離開，另兩婢奉上茶點，亦找藉口到堂外去，但當然會隨傳隨到，剩下兩人半躺臥椅上。

法明指指左右兩條附柱上以黃銅打製的蛟龍，又指指自己的耳朵，嘿嘿淫笑道：「這花娘子大不簡單，精通媚術，但怎瞞得過我這採補的老祖宗？在我的手法下全無還手之力，有得她好受了。」

龍鷹會意過來，曉得銅龍該與銅管相連，有人正在銅管的另一端監聽他們說的每一句話，難怪要特別請他們到這裡來。沒好氣的壓低聲音道：「老兄你成名超過五十年，虧你還有閒情去逗玩這種小腳色，不過看她面紅耳赤、春心蕩漾仍堅持離開，可見已得上頭吩咐。哈！我們的第一步成功哩！只看來的是甚麼人。」

法明狠狠道：「最好來的是于奇齡，老子順手宰掉他。如果他曉得我臉頰這道刺痕是故意弄出來的，好提醒他曾劃過老子一下，知道是誰來了，到地府後肯定大罵自己是蠢材。

哈！」

龍鷹歎道：「你太高估對方了，若于奇齡曉得是你方閻皇來了，還怎敢離開那賤人的蠢貨兒子半步？」

法明冷哼道：「由得他不來嗎？我們便將襄陽鬧個天翻地覆，專找漢幫的可憐蟲來殺，看他可在房州挺多久。」

又道：「還有件事尚未告訴你，蠢兒的淫婦，從不陪他睡至天明。」

龍鷹今次眞的不明白他在說甚麼，一頭霧水的道：「你在說甚麼呵？」

法明啞然笑道：「因爲賤人的兒子或因怕黑，又或怕賤人殺他，每晚都要燈光火著才能入睡，哈！韋淫婦怎受得了？只好讓他自己一個人睡。記緊哩！燈光火著處，就是那死鬼的宿處。」

龍鷹由衷讚道：「方閻皇確有道行，連李顯的生活習慣都瞞你不過。」

法明沉聲道：「滅門之恨，怎可不算？」

兩人均是才智高絕之士，每一句話都是針對大明尊教一方的人來說的，眞中有假，假裡藏眞，處處點到即止，將整個意圖清楚勾劃出來，不怕對方不入彀。

龍鷹輕鬆的道：「有人來哩！」

法明道：「康老怪記著，是城外習家池的湖心亭，不見不散。」

一人從正門負手走進廳堂，神態優閒，一身儒生打扮，像是來參加詩人騷客的雅集。但落入龍鷹和法明眼中，卻知此人是不可多得的可怕高手，絕對和他們任何一人，有一拚的實力，除非是兩人聯手，否則想在片刻光景收拾他，並不容易。

此人身量極高，與龍鷹齊頭，比法明矮上少許，自然而然便有種灑脫飄逸的味道。臉形狹長，額頭寬廣，唇上蓄著濃密小髫子，雙目藏神而不露，嘴角似乎永遠掛著自信的笑意，一看便知是厲害多智的人物，只是高隆的鼻盡端處微呈勾曲，使人感到他不但城府深沉，且是狠辣無情之徒。

來人在入門後三步許處遠遠立定，站得淵渟岳峙，強大的氣勢直逼另一端的兩人而來，縱聲狂笑。

法明雙目凶光閃閃的打量他，皺起眉頭道：「這小子有甚麼好笑的？」

此句話說的對象是龍鷹。

龍鷹心忖如論年紀，眼前此君雖貌似中年，但實際年齡肯定過五十歲不惑之年，不過若以聖門兩大老鬼計，這個肯定是「小子」。沙啞著聲音，和應道：「老哥你有所不知了，這小子確有値得他高興的理由，就是直著進來橫著出去時，可告訴親戚朋友，終於遇上眞正的高手了。哈！」

來者倏地收止笑聲，含笑搖頭道：「非也非也。晚輩得見兩位魔門前輩，當然是心中高興，但仍不是開心的主要理由。眞正的原因是想到『聰明一世，蠢鈍一時』兩句老掉了牙卻充滿眞知灼見的話。兩位前輩招搖過市，又故意用魔門手法留下痕跡，現在更是大模大樣坐在這裡等候我們，當然有恃無恐，心有定計。豈知任兩位前輩人老成精，其奸似鬼，今次不但錯用調虎離山之計，還大步踏進虎穴去。好笑呵好笑！」

法明沒好氣的向龍鷹道：「這小子似眞是有點道行，我們中了他甚麼計呢？」

龍鷹斜眼睨著那人，微笑道：「原來房州封城，只是個幌子，賤人的蠢兒，現時和我們這對難兄難弟，正共處一城。哈！果然好計。」

法明裝著駭然的道：「那我們豈非著了道兒？哈哈！」

龍鷹雙目魔芒遽盛，往那人電射而去，兩支箭般瞄著對方，冷然喝道：「給老子報上名來！」

當龍鷹一口道破李顯已身在襄陽，以那人的深藏不露，亦面色微變，到龍鷹含勁喝話，字字震動耳鼓，立時將他經營出來的上風氣焰，硬壓下去。

那人仍能露出笑容，從容道：「本人宗楚客，見過兩位前輩高人，當年圍捕方閻皇的人中，小子敬陪末席，今天能再會方前輩，當然心中歡喜，這是令小子忍不住笑的第二個原因。」

龍鷹心忖原來竟是宗楚客，難怪怎都猜不到他是誰，暗讚他詞鋒銳利，明捧暗貶，指法明的「方閻皇」是漏網之魚，好激出法明的怒火。漫不經意的道：「小宗你不需在長安當值做官嗎？到這裡來幹啥？不怕主子治你這頭走狗擅離職守之罪？又或是怕不到房州來，少看了一會兒，給人把吃到口邊的肥肉唧走，再沒有可居的奇貨？」

宗楚客雙目終現殺機，失去笑裡藏刀的風範，不但因龍鷹說話陰損抵死，更因龍鷹不但對他的現況瞭如指掌，更似是他肚裡的蛔蟲，說中他的心事。以他的深沉智慧，亦大吃不消。至此方知魔門中人，沒一個是易與的。

兩方甫見面立即來個唇槍舌劍。宗楚客當然意在拖延時間，以完成包圍的部署，並等候尚未趕來的高手。當年傾盡白道武林和官府的力量，仍給這兩個人溜走，現時不論他們的實力如何強橫，和當時仍有段距離，加上此刻是兩大邪人聯手，以宗楚客的自負，仍不敢掉以輕心。

法明和龍鷹則是做戲做全套，交足工夫。眼前的敵人，是由大江聯的一方，透過麗人院招惹回來的，乃借刀殺人之計，最好是雙方拚個兩敗俱傷。不過如果他們能成功脫身，那時敵人只剩下兩個選擇，一是剷除，或是招攬。最愚蠢的是當他們不存在，徒添不測變數。

一個陰惻惻的聲音在廳堂外東面的園林傳來，不覺揚聲吐氣，卻是字字清晰，道：「兩個老妖是不是愈老愈糊塗了，死到臨頭仍大放厥詞，不知我們在拖延時間，好不住增兵。每過一分，就不利你們一分，虧你們仍可笑出來。」

四周鬨笑聲起，更顯出他們確是處於重圍之內，對方則是人多勢眾。

這番話擺明是說給自詡才智的人聽，乃攻心之計，好像是告訴他們，目下正是脫身的時機，但更似是包圍已部署妥當，不怕他們突圍，使人心中猶豫難決，驚疑不定。

法明「呵呵」笑道：「能笑出來，與生死有何關係？不戒和尚你甚麼都可不戒，卻切要戒口不擇言。不信嗎？康老怪你來分析給慧范小禿聽聽，讓他清楚所謂的重重包圍，是多麼令人發噱。」

龍鷹記起胖公公說過，李顯不問蒼生問鬼神，近年最愛與裝神弄鬼的和尚和術士交往，而「不戒和尚」慧范正是給胖公公點名者之一，另外還提過鄭普思和葉靜能。慧范該曾拜見過法明，故被法明認出他的聲音。同時心中暗懍，法明要他分析敵人的包圍，顯示他對自己的本領非像以前般無知，遂在這他沒得不同意的情況下，逼他露上一手。亦順便公告天下，他正是「變了樣子」的「毒公子」康道昇。

宗楚客仍負手立在那裡，監控全局，神態從容自若，像即使再多站十天十夜，仍不會氣悶。兩人卻直覺感到當法明一口叫出慧范之名，他立即大感震駭。

他們究竟在等甚麼呢？

龍鷹好整以暇的道：「唉！小禿頭確是不知天高地厚，就那麼區區六百多人，算得上是高手的不過二十個人，卻要包圍碧桃苑如此地形複雜的大片園林房舍，我和閻皇只要兵分兩路，可及時擋路的不超過二十個人，只是送上來讓我們過過手癮。不瞞小禿你，人愈多愈好，我們太久沒湊過熱鬧哩！」

「颼！」

一支勁箭疾飛而至，直射向龍鷹右邊面頰，不論速度勁力，無不顯示射箭者是一等一的神箭手。

龍鷹看也不看的右手揚起，竟給他將箭鏃捏在拇指和食指之間，不但令人生出箭矢凝定在他手上的錯覺，時間亦像停止了。

看得最清楚的是宗楚客，再掩不住震驚的表情。

龍鷹笑道：「射出此箭者，爲三十石之弓，相當難得，還你！」

儘管宗楚客眼睜睜瞧著，仍看不眞切，只見龍鷹捏箭的手微動一下，手上勁箭已消失不見，幾在同一時間，廳外暗黑處傳來慘哼之聲，中間似不存在時間上的間隔，可知此箭之迅疾，比從三十石之弓射出的箭，也不知快上了多少。

廳外再無人聲，只餘沉重的呼吸，可知龍鷹露的這一手，鎮懾著所有敵人。現在包保其中一些敵人，再弄不清楚誰困著誰。

龍鷹哈哈笑道：「算你知機，及時避過胸口要害，今晚便饒你一命。」

往法明看去，僧王雙目顯現的震駭神色，剛剛消逝。

龍鷹曉得在場所有人中，只法明一個明白，他是將對方的「躲閃」亦計算在內，故能命中對方的肩臂處，不傷對方性命。

另一個雄壯的聲音，來自廳外西面的園林處，道：「『天網恢恢，疏而不漏』，若爾等兩人，於大變之後，懂得修心養性，從此避世不出，或仍可得享天年。怎知爾等不思己過，反變本加厲，意圖行刺盧陵王？老夫宇文修德，今晚誓要將你們留在此地。」

「叮！」

鐘聲從正門外遠方傳來。

同一時間，兩人感到有人到了屋頂上，不是因聽到任何惹起警覺的聲響，純是高手的感應，而居高臨下者，功力絕不在他們之下。

以龍鷹和法明能目空一切的身手，亦要生出不妥當的感覺。分頭突圍，再不可行，因屋上的可怕人物，肯定有凌空追擊他們其中一人的能力。一旦給截著，陷入重圍，「不碎金剛」和「魔種」怕亦不能保命。

由此可見兩人對在上方的高手評估之高。

宗楚客顯然在等候此一刻，倏地後退，大喝道：「動！」

豈知「動」字剛吐出口，龍鷹已隔空一拳擊去，魔勁脫拳而出，像個大鐵錘般重重敲擊他胸口的膻中大穴。

同一時間法明運起天魔大法，廳內宮燈全告熄滅，廳子陷進黑暗去，只餘大門外尚有燈光透入。

宗楚客兩手盤抱，發出一捲旋勁，盡顯其「盤玉功」的功架，硬迎龍鷹的拳勁。

「砰！」

宗楚客吃虧在正往後退，倉卒還招，既猝不及防又是處於被動，悶哼一聲，不得不借勢飛退，就像給龍鷹一拳轟飛，讓龍鷹盡收先聲奪人的效果。

以百計的箭矢，穿過各處窗門，近乎盲目的射進來，當然是怕他們趁黑穿窗突圍。

「點火！」

龍鷹和法明不約而同翻往臥椅後，避過箭矢。

法明從囊裡掏出十多個小圓球，塞入龍鷹手裡，傳音道：「這是毒煙彈，威力大至你難以想像，乃殺出重圍的好幫手。」

龍鷹納入腰囊裡，束音道：「他奶奶的！上面會是甚麼人呢？今次由我引開敵人，你老哥則借水遁。」

法明道：「何不並肩闖出重圍，然後再分頭逃走，一樣可騙過大明尊教的人？」

龍鷹傳音道：「因怕老哥忍不住手，大開殺戒，又或與你交手後像沒事人般，一年後卻忽然倒斃，被人拆穿方閻皇竟是你扮的。」

法明搖頭失笑，道：「愈來愈發覺你是個有趣的人。便如你所言，開始哩！」

火把光從門外映進來，照亮了小半邊廳堂。

箭矢停止。

可想像的是，只要從窗穿出去，肯定歡迎的是從所有瞄準這邊、架在強弓上射出來的勁箭。敵人的策略清楚明確，就是逼他們在廳堂裡，作困獸之鬥。

龍鷹想也不想，舉起臥椅，搶前數步，三個旋身後運勁擲出。

現在兩人最怕的，是屋頂上的大敵有機會進入廳堂來助陣，那他們便有禍了。

臥椅越過廳堂的空間，炮彈般穿門而去，躲避聲、驚呼、悶哼、火把和兵器墜地的聲音，加上臥椅碎裂發出的響音，爆竹般在門外響起來，敵人的先頭部隊，一時間亂作一團。幸好這批人有資格打頭陣，全是對方最有實力的好手，否則在此奇招下，會有人被重創，甚至給奪命。

箭矢又重新從窗門射進來，阻截他們乘勢奪門，只此便可知敵方的指揮者，久歷戰陣，精通兵法。

這一手雖然漂亮，但對龍鷹和法明此等級數的高手，卻沒有絲毫制約力，兩人早越過廳堂中線，雙方自然而然配合得天衣無縫，分頭行事。

先頭部隊慌惶後撤，經小橋退往對岸，雙方隔著寬達兩丈的人工河流。

法明只在門前晃了一下，立即惹得百多支箭雨點般灑進來。

法明倚在大門一側，向龍鷹笑道：「康老怪不是要到門外擺酒席吧！」

龍鷹正將圓桌打側，滾動著將圓桌移過來，欣然道：「還欠一個幫手，方閻皇有興趣嗎？」

法明道：「要不要小夥計先餵客人吃一輪毒煙彈，當作主菜前的冷盤？」

龍鷹笑道：「果然沒有用錯人，這麼懂拿主意，以後再不用向老子請示了。」

法明道：「現在！」

龍鷹打出進攻的手勢。

法明看也不看的掏出毒煙彈，反手往外逐一擲出。

龍鷹同時將大圓桌移到門前，法明閃到他旁。

箭如飛蝗般投來時，兩岸不住傳來毒煙彈爆破的異響，噴濺的黑煙席捲河岸，將小橋吞噬。

第九章　一鼻子灰

凜冽的劍氣自天而降，迅快準確，視濃黑的毒煙如無物，更令龍鷹和法明同時生出劍氣只是衝著自己而來的感覺。

那種冰寒徹骨、可透入骨髓的劍氣，又明顯與風過庭彩虹天劍的劍氣迥然有異，後者是令周遭的溫度下降，前者卻是如有實質，形成一個劍氣場，可令被針對者像給冰雪封結，武功不如者會氣脈不暢，有力難施，但當然難以影響法明和龍鷹般的高手。

尤其令人驚異的是，其劍氣帶著一種暗藴強大殺傷力「寒毒」般的奇異力量，即使以兩人的魔功，也感到如被劍氣侵體而入，化解絕不容易。

如此奇功劍術，確是駭人聽聞至極，以兩人的見多識廣，亦是首次遇上。

法明和龍鷹卻早有準備，將擋了前方盲目射來的第一輪箭矢的大圓桌，由平舉改為往上，離手急旋而下，向凌空截擊者迎去。下一刻兩人已掠上小橋。

法明天魔大法全面開展，整個小橋的空間凹陷下去，細碎卻鋒鋭的旋勁狂飆疾流，法明雖因濃煙而難以視物，卻藉氣場變得無所不知，任何踏足氣場內者，均被他準確掌握，無有遺漏。

三個對方的頂尖高手，自恃武功，也因生出感應，正冒險越橋來攔截，因只要稍擋他們片刻，從屋頂下擊的不知名人物，可前後夾擊兩人。

後方破風聲處處，原本守在其他三方的高手，紛紛趕來，但整個包圍網卻仍完整堅實，不被動搖。

「轟！」

圓桌化爲濺飛的木屑破碎，劍手被反震之力硬往上送。

龍鷹任由法明迎擊越橋而至，包括宗楚客在內的敵人，沖天而上，攻向劍手，還有時間長笑道：「原來是個來自塞外的美人兒，難怪一身騷味，待老子拿回去做幾天小老婆。哈哈！」

他一點不擔心法明，只求神拜佛他不會大開殺戒。不論他或法明，均不懼群戰，反可化對方的人多勢眾爲弱點，特別在這種視野不清、敵我難分的環境。

果然橋上傳來敵人的悶哼和驚呼，法明則長笑道：「康老怪小心身體，不宜過度操勞。」

龍鷹曉得是「開溜」的訊號，心中大慰，明白法明恪守「不開殺戒」的承諾。

「轟！」

龍鷹一拳擊在直插下來的劍鋒處，將女劍手二度送上高空，就那麼借勁橫移，降往屋頂瓦坡處，收斂魔氣，同時掏出毒煙彈，捏碎，又黑又臭的濃煙從兩手處發散，仿如懂法術的巫師，迅速沒進煙霧裡去。又同時發出魔勁，形成似是他正破風往屋頂另一邊逸去的錯覺。

整個屋頂被濃煙蔓延掩蓋，法明確沒有吹牛皮，毒煙彈厲害至令人難以相信。

女劍客回來了，直投往瓦坡，就在踏足屋瓦前的一刻，龍鷹來了。

剎那之間，龍鷹已向她攻出十多招，拳、肘、指、掌、腳，全是以快打快，天馬行空般的手段，魔勁忽輕忽重，變化無方，當年以法明之能，在他力竭前亦只可守而沒法反擊，何況女劍手自接了「桌招」後一直處於被動，更是難以應付。

不過她也是了得，且戰且退，展開綿密精微的劍法，對抗著龍鷹若如長江大河的狂攻猛打。

勁氣爆破之聲不住響起。

龍鷹聽得後方破風聲起，知有敵來援，且是敵方的一流高手，心忖此時不走，更待何時，大喝道：「這個女的太辣，送給閻皇你享受。」

就那麼朝剛被他盪開長劍的女劍手，投懷送抱的直撞過去，全身魔勁迸發，即使以女劍手驚世駭俗的功夫，在屈處下風的形勢下，縱有與敵偕亡的決心，亦只是白賠一命，卻傷不了龍鷹分毫。何況她本沒有這種決心，此時她已被逼至瓦緣，只好乖乖退飛，落往小橋的方向。

她確有法明或龍鷹任何一人決生死的驚人劍術功法。但在戰略上從開始便失利，令一身本領無從發揮。

龍鷹仍不肯放過她，沖天而去，雙掌從上而下，往她吐勁下壓。

女劍手終爭得少許喘息的空間，更不知是計，嬌叱一聲，劍刃全力反擊，發出劍氣，硬迎龍鷹的氣勁。

龍鷹叫道：「待會再找老方喝酒。」

法明剛將宗楚客轟落人工河，聞言也心中佩服，笑道：「康老怪果然寶刀未老，難怪美人兒一上床便求饒。哈哈！」

他佩服的不是龍鷹的武功，而是龍鷹的戰略，將對方最強的一面，化爲對方的破綻弱點，令敵人空有龐大實力，卻無從發揮。換過另一種情況，如給女劍手封死他們的後路，再配以從另三方趕來的高手，來個前後夾攻，現在會是怎麼樣的一番情況？

「砰！」

女劍手狼狽的往下墜跌，龍鷹則借勢翻越小橋，投往敵陣的後方。

在煙霧的掩護下，除法明和女劍手外，誰都不曉得他明修棧道，卻暗渡陳倉之計。法明當然不會揭穿他，女劍手則是血氣翻騰，沒法出言警告。

法明說走便走，沒入人工河裡去。

龍鷹降往地面，大喝道：「老子在這裡！」

此時他仍在敵人的包圍網內，後方是橫排在這邊岸的敵人主力，前方則是散佈的關卡和在高處放哨的敵人，聞言始驚覺「康老怪」已脫出重圍，卻完全不明白他如何辦得到。一時人人聞聲攻來，嚴密的包圍網終現出不該有的混亂。

「砰！」

龍鷹施展彈射，斜飛而起。

幾支冷箭不知從哪處射來，全射在空處。

龍鷹落在一株大樹橫幹處，心忖即使在平野之地，千軍萬馬都沒法將老子留下來，何況只是區區數百人，又在如此環境複雜的地方。藉橫幹的彈力，投往園林的暗黑處。

城外。

法明和龍鷹並肩坐在一個高崗上，遙觀三里許外、隔江相峙的襄陽和樊城。

法明搖頭歎道：「究竟在甚麼地方出了岔子呢？與我們的估計是絕對不同的兩回事。」

龍鷹苦笑道：「我們理該高興才對，但因何我沒有半點開心的感覺？」

法明雙目閃動著奇異的光芒，沉聲道：「讓我來個猜測，以大明尊教為主的所謂刺客團，已在我們抵襄陽前，吃了大虧，還犧牲了幾個人，其中至少有一個至多個，是飲恨在那塞外女人劍下。」

龍鷹點頭道：「給老哥一言驚醒我這個夢裡人。對！只有在這個情況下，此女方有機會顯露她可怕的劍法，因而得到李顯一方重視。他奶奶的，此女非常邪門。」

法明道：「剛才你是否已全力出手？」

龍鷹道：「少點道行都不成。」

法明道：「有把握殺她嗎？」

龍鷹沉吟片刻，道：「很難說，我一直不予她全力施為的機會，不過她在那樣的劣勢下，仍能力保不失，便知她韌力驚人。嘿！我是想摸她幾把的。」

法明啞然笑道：「我本有個好主意，現在只好作罷。」

龍鷹訝道：「何不說出來聽？」

法明冷冷道：「就是幹掉她，那人人只會以爲我們是事後尋仇，不會牽連到師姐身上去。」

龍鷹一震道：「有這麼嚴重嗎？」

法明道：「不殺此女，後患無窮。」

龍鷹道：「我也感到有點不妥當，卻仍想不到殺她的理由。」

法明歎道：「我們太低估大江聯了，這才是大江聯的眞正殺著，且是無從抵擋。主持大江聯者，絕不是尋常之輩。」

龍鷹頭皮發麻道：「沒有這麼厲害吧！」

法明仰望夜空，思索道：「早在獨孤善明全府遇害的消息傳入我耳內時，我便生出疑惑。爲何敵人不以同樣的實力，忽然向房州李顯府第施襲，反要祭出《御盡萬法根源智經》作誘餌？是否多此一舉呢？」

龍鷹點頭道：「胖公公亦有此疑惑，但卻認爲是揭露聖上出身的一種厲害手段，沒想過其他可能性。」

法明道：「猜錯是應該的，因爲對手太高明了。我亦沒再作深思，直至劍氣壓頂，方生出明悟。他奶奶的！那種寒毒的感覺，冰固了的異力，正是《御盡萬法根源智經》的功夫。」

龍鷹駭然道：「難道所有作爲，全是騙人的幌子，目的只是爲此女鋪路？」

法明沉聲道：「最關鍵處是宗楚客現身襄陽，不論他如何膽大包天，在沒有師姐的首肯下，絕不敢擅離職守，更不用說是到房州去見李顯，這可以是殺頭的大罪。」

龍鷹領教到法明過人的見地和細密的心思，道：「所以宗楚客肯定有令他可免罪的理由。」

法明道：「依一般慣例，由於情況緊急，宗楚客可一邊飛報聖上，一邊全速趕往房州。你當李顯可隨便躲往襄陽避禍嗎？只有在聖上的許可下，襄陽的節度使邦紀訥才敢收人。」

龍鷹倒抽一口涼氣道：「豈非我們表面看來贏了，其實卻是輸得一塌糊塗？」

法明道：「事實上，在目前內外安定的情況下，殺李顯有何用處？只會便宜了李旦。大江聯根本沒有嫁禍我們的基礎，如敢帶頭造反，只會重演徐敬業迅被平定的情況。如我是聖上，便以李旦爲主帥，鷹爺爲大將，包保白道武林，沒有人會響應大江聯的號召。」

龍鷹佩服道：「僧王的分析，透徹入微。」

法明道：「大江聯的整個陰謀，已是呼之欲出，那個女劍客是告密者，找上宗楚客，盡告大明尊教的秘密。宗楚客大吃一驚下，立即偕女劍客趕往房州，並得聖上賜准，立即將李顯全家遷往兵力強大的襄陽，遠離險境。而宗楚客則聯結白道高手，在房州佈下天羅地網，等大明尊教的人來上當。我們兩個還像傻瓜般，自以爲是的到襄陽攪風攪雨，差點不能脫身。」

龍鷹道：「大明尊教該眞的完蛋了。」

又皺眉道：「我們既然猜到女劍客是大江聯以苦肉計潛進來臥底，勝利豈非仍在我們手上？」

法明道：「鷹爺的軍事手段確是無人能及，但在政治上仍欠點時間，這方面你可向胖公公求教，他比師姐更行。」

接著攤手道：「見大江聯的人還是不見？他該在習家池的湖心亭恭候我們。」

龍鷹苦笑道：「我的腦筋有點亂，一切依僧王的看法。」

法明笑道：「如果你事事肯依我的看法，大周的帝座肯定是我的囊中之物。」

龍鷹心忖胖公公看得很準，道：「僧王仍看不破嗎？」

法明雙目射出傷感神色，道：「在這方面，鷹爺是很難明白師姐和我背負著的使命和責任。師恩如山，但也是非常沉重。但願我能拋開一切，如鷹爺般逍遙自在。唉！剛聽得席遙的事時，我確曾有過離意。可是你看吧！我聖門的江山並不像表面瞧般穩靠，如果我抽身不顧，怎對得住師尊呢？」

龍鷹坦白的道：「僧王是眞的這麼想？還是揀漂亮的話來搪塞我？」

法明苦笑道：「我在這方面的想法，是從少培養出來的，很難在朝夕間改變。且事情有緩急輕重之分，剷掉大江聯後，才能有閒情去想其他事。」

龍鷹道：「僧王會將對女劍客的猜想，告訴聖上嗎？」

法明道：「任何政治行動，不論動機的好與壞，最重要是帶來的政治後果。如果師姐相信女劍客是大江聯派來的臥底，意圖查探師姐身分的秘密，從內部顛覆我大周皇朝，她會怎麼辦呢？」

龍鷹答道：「理該立即出手取她之命。」

法明歎道：「這就是政治了。首先我們是憑空猜估，查無實據；其次要看女劍客和李顯的關係親密至何等程度；第三是此女劍客立下大功的事，天下皆知，師姐憑甚麼藉口去殺她？以前我開罪師姐時，你道她不想殺我嗎？薛懷義如此恃寵生驕，不知害了多少大臣，殺他更是大快人心的事，最後仍要轉轉折折，佈局藉你的手去殺他。這便是政治，儘管是生安白造，也要找些冠冕堂皇的藉口。」

又誠懇的道：「希望在未來的一段歲月，我和邪帝仍可以拋開舊恨，攜手對敵。」

龍鷹道：「僧王仍未答我剛才的問題。」

法明道：「這個我交由你和胖公公決定，讓師姐有提防之心，該是好事。」

龍鷹不解道：「殺一個這樣的人，竟有如此多顧忌嗎？」

法明道：「好吧！現在鷹爺先給我一個肯定的答案，你願意在武三思到達前，與我同心合力，不擇手段的擊殺此女嗎？」

龍鷹思索好一陣子後，頹然道：「僧王這招叫『當頭棒喝』，眞的很難下毒手，因怕殺錯了人。」

法明道：「此正爲你我的分別，如有機會，我會毫不猶豫的殺死此女。」

龍鷹道：「眞的沒有別的方法？」

法明語重心長的道：「李顯回朝後，大周皇朝再不是以前的大周皇朝，李顯會變爲強勢的太子，不論朝臣或百姓，都期待師姐還政李唐。在另一個改朝換代的大氣候下，師姐亦很難頂著那股壓力，且再不能像以前般動輒殺人，最怕是武家子弟亦見風轉舵，那時你將變成她最有力的支持。」

龍鷹駭然道：「你說得對，我的確不懂政治，從沒想得那麼遠。」

一震道：「如果大江聯此計，是要逼聖上讓李顯回朝，我們豈非正中敵人毒計？」

法明道：「李顯回朝是早或遲的問題，不關你我的事，師姐亦沒法抗拒，誰叫武氏子弟這麼不爭氣？」

龍鷹苦笑道：「我們現在該找個地方睡覺，還是到習家池去？」

法明道：「多一事不如少一事，我們冒充的身分並不是那麼穩妥，但如果我們從這一刻消失，將永遠不會被揭破。」

龍鷹道：「到哪裡去好？」

法明微笑道：「回城如何？我答應過請你大吃一頓的。」

龍鷹愕然以對。

第十章　機鋒禪意

龍鷹隨法明從水道偷返襄陽，城防不見特別加強，或許守兵被調往節度使府去。

法明領他從後院進入市東的一座佛寺，寺園裡有通往地下室的秘道。秘室二丈見方，通氣良好，置有兵器、弓矢和替換的衣物，還有易容的工具和材料。法明剔亮兩盞油燈。

龍鷹揭開醜面具，道：「這個鬼東西經你老哥的妙手後，重量增加了一倍，戴起來則辛苦了十倍。」

法明拿起一瓶藥酒似的白色液體，遞給他道：「用化顏液洗乾淨你的易容寶物，如此可以假亂眞的面具，你以前告訴我，我也不會相信。待本王處理好自己後，再來伺候你。」

看著他在銅鏡前坐下來，龍鷹道：「是否在所有重要城池，你都設置如此般的地下室？」

法明以沾上藥液的濕巾抹面，隨口答道：「你道這是容易的事嗎？只挑了幾座重要的大城，襄陽剛好是其中之一。當年師姐之所以能迅速平亂，我在暗中出了很大的力，日後如果要對付大江聯，我可以在多方面幫你的忙。」

龍鷹瞧著他逐漸恢復原來樣貌，好奇的問道：「我愈來愈清楚老哥的事，不怕將來變回以前敵對的關係，會大大不利於僧王嗎？」

法明脫掉假頭髮，露出有戒疤的禿頭，登時回復寶相莊嚴的高僧模樣，輕描淡寫的道：「若本王需與邪帝進行大規模的戰爭，那代表本王已走進窮途末路。唉！邪帝可知道，本王從來沒有知心好友，你或許仍算不上我的好友，卻肯定是知己。」

法明長身而起，道：「來！給我坐下，讓本王示範一次完美的易容妙術。」

龍鷹依他之言坐下，道：「眞古怪！在你說小弟是你的知己前，我從沒朝這方向想過，現在卻有很深刻的感受。我所有不可告人的秘密，你都知道了。」

法明一邊調校顏料，邊道：「假若仙門確有其事，那我們這不斷生死輪迴的人世，還有何意義可言？」

龍鷹道：「或許唯一意義，就是生和死，以及其間的經驗。」

法明一邊以藥液爲他塗面，一邊道：「可是在生死輪迴下，經驗並沒有延續性，今世的經驗，於我下一世有何裨益？若依佛論，誰都不知道下一世是否仍可做人。」

龍鷹沉吟道：「僧王說得對，所以我們今世得悉仙門之事，可能是經不知多少世的經驗和修行而來，一旦錯失，或許千百世後才會有同樣的機緣。」

法明現出深思的神色，沒再說話。

龍鷹獨自一人，光顧樊城外渡頭的食檔，連吃兩碗麵，大盡食興。由於天亮不久，渡頭人流不多，但仍令他感到當地活潑的生活氣息，那種日出而作的動人感覺。

他沒有動腦筋去東思西想，只是任由眼前的一切映進心裡去，自然而然便有種深刻和親切的豐饒滋味，似能深入體會到表象下更深一層某種難言的東西。眼前的人間世，無盡的豐美起來。每事每物，其底下均暗蘊著更深層的意義，賞之不盡。

偉大的襄陽城矗立對岸，自古以來便是兵家必爭之地，大小戰役無數。東漢時孫堅率兵攻打襄陽，被冷箭所殺。三國時關羽與曹仁於此展開激戰，水淹七軍。東晉時大將朱序在此力拒苻丕，朱序之母韓夫人率婦女在襄城西北角築起一道二十多丈的新城，使敵人功敗垂成，未能突入。

這種與歷史連結的感覺，令眼前景象更似不受局限，在時間上無限地延伸。

扮成普通行腳商的法明來到他身旁坐下，叫了碗鹵肉麵，欣然道：「事實與我猜想的，出入不大。」

龍鷹道：「老哥眞有辦法，打個轉便可探聽到李顯的機密事。」

法明道：「看似輕鬆容易的事，背後不知花了我多麼大的工夫。此女確是來自外地，是大食國的人，與宗楚客和十多個長安各家派的高手，七天前抵達房州，翌日李顯全家秘密遷來襄陽，住進節度使的官署去。三天前房州的廬陵王府曾起火並傳出激烈的打鬥聲，至於當晚發生過甚麼事，則人人守口如瓶。」

熱騰騰的鹵肉麵來了，法明沒空說話。大吃起來。

龍鷹笑道：「小弟可想像你在寺內大吃大喝的情景。」

法明放下竹筷，正容道：「或許你不相信，我平時是個恪守清規的人，不沾酒肉，只有當我扮做另外的身分，才會嫖賭飲吹，樣樣不拒。哈！不用瞞你，那種破戒的滋味，非常痛快。」

龍鷹道：「這叫有壓抑方有快樂嘛！所以做皇帝最慘，哪來壓抑可言？只有過度吃喝、過度荒淫、過度任性。而過猶不及，何來快樂可言？」

法明笑道：「完全沒有又如何？到神都前的日子，你是怎樣捱過去的？」

龍鷹指指腦袋，道：「靠的是這個拍檔夥伴，例如讀一本書，我會忘掉外面的世界，投進書內的世界去，告別了尋常生活的平凡，馳騁於無限的想像天地。那是忘掉一切的感受，沒有了時間，上下古今，無遠弗屆。哈！看的當然不是孔孟的書、倫常之道。」

法明道：「可是在荒谷的五年，你只得一本書讀。」

龍鷹道：「不練功時便去發掘周遭的有趣事物，又可構想與眼前有別的胸中丘壑。外在是無有盡頭，內在亦是漫無止境，這或許正是生命和與之而來的經驗的眞諦。老哥你是禪修的高人，在這方面該比我有更深到的體會。」

法明苦笑道：「我和你走的是截然不同的路向，講的是萬念俱寂，一念不起，從而探索本性，空而不空，不想而想。大法竟是這麼練就出來嗎？」

龍鷹坦然道：「不論魔種仙胎，並不是練出來，而是屬我們本有之物，就像道家所說的內丹、貴門所指的佛性，大法只是如何與魔種結合的奇異功法。就像剛才在你老哥來前，我全心觀賞著眼前的一切，感到自己內在的境界不住提升，與外在神遇冥合。我們的心識有點像一張梯子，隨外來的影響和遷變不住上攀下滑，滑至最低點時，人再不是人，而是禽獸不如的東西。若能永遠保持在高點，便是道心種魔。」

法明動容道：「說得好。不論人世如何千變萬化，說到底仍只是心的感受。如果我們任由人事衝擊，便變成只懂隨波逐流的可憐蟲，沒法爲自己作主，永遠沉淪。」

又道：「時間差不多哩！異日定要找個機會，與你詳談。」

龍鷹順口問道：「那個異族女子，芳名叫甚麼呢？」

法明答道：「人人稱她為妲瑪夫人，三十多歲的年紀。若她確如我猜想般，那她真正的本領並不是在劍上，而是她的一雙纖纖玉手。」

龍鷹起立道：「終有一天，我們會領教到她的眞功夫。」

龍鷹在襄樊與法明分手後，法明北返神都，他則沿漢水南下，日夜兼程的全速趕路，翻山越嶺，視危崖峭壁如平地，又回復到荒谷小屋獨處時的心境，無憂無慮，不作他求。

兩天工夫，抵達大江旁另一大城鄂州，此為從大江北上漢水到襄陽的必經之路，先到碼頭區，見胖公公的船仍未到，亦不見武三思的船隊，遂到城內入宿客棧，睡個天昏地暗。天明醒來，到碼頭附近的食館祭五臟廟，然後就在碼頭區閒逛，看泊在該處的船上貨落貨，絲毫不感寂寞。

那晚在甘湯院，被小魔女纏得沒法子，想出順道南遊的大計，目的地是揚州，人雅三女亦包括在內，並央得胖公公照拂打點，保證在安全上沒有問題。

離七月初一與花簡寧兒的約會，尚有近兩個月時光，如果身在神都，肯定忙個不休，只有離開神都，他才可全面投入和眾美人兒的生活去，遊山玩水，哄她們開心。

就在此時，他生出警覺，朝不遠處正要登上一艘雙桅風帆的一群人瞧去，剛好那人別過頭來朝他的一方張望，雙方打個照面。

那人顯然認不出他來，目光在他身上逗留片晌後，移往別處。

龍鷹卻是心中一凜。

天竺高手烏素。

當日他隨崔老猴往高原去，在入山區前被吐蕃人截著，烏素曾出手試探他，被他捏著咽喉要害的滋味，是畢生難忘。突厥人被逼離高原後，一直沒有烏素的消息，怎想到會在大江遇上他？

同時明白過來，他該是偷襲廬陵王府的高手之一，看他現在面容蒼白，有神沒氣的，顯然雖能脫身保命，卻受了不輕的內外傷，所以需療治傷勢，大致復元後，方到鄂州來坐大江聯安排的船離開。

與他同行的七、八個人裡，至少尚有兩個天竺人，雖然是一般漢商裝扮，但怎瞞得過他的銳目？其他的大部分是漢人，但有兩人卻似來自西域的外族，其中之一更露出手臂的刺青。難道是大明尊教的漏網之徒？

龍鷹打消動手的念頭，一來對方人多勢眾，自己未必能討好，最主要是不願對他們落井下石。

烏素該是厄運纏身，被欽沒重金禮聘，本該有一番作爲，卻遇上他龍鷹，被逼離高原，由軍上魁信推薦給默啜。可能軍上魁信因天石之事失敗，累得烏素和同夥不單沒有被默啜重用，還給默啜利用出賣，派到中土來進行注定失敗的任務。

不論默啜或大江聯的小可汗，均是爲求成功不擇手段的人，沒有情義。

烏素隨隊魚貫登船，特別留神下，龍鷹感到艙樓處有人在密切監視碼頭區的情況，其中一人的目光正在他身上盤桓。

龍鷹心中一動，詐作離開，直到遠離敵人視線，方展開腳法，趕往上游。

風帆順流駛至，船速極快。

龍鷹早掌握其航線，連續兩個水中彈射，已撲附船身。

龍鷹大展魔種神通，片刻後已大致掌握船上的情況。

登船的這批人，顯然人人內傷未癒，各自返回分配的艙房療傷。操舟的有十多個人，全以突厥語交談，說的不是嫖便是賭，沒甚麼好聽的。

他從浸在水下的船身，游往船艙下方的位置，接著像靈猴般往上爬，翻進一個無人的艙房去，一邊運功蒸乾身上水氣，一邊耳聽八方。

他要尋找的人是烏素。

雖然直至此刻，他和烏素仍是處於敵對的情況，但因沒有私仇，不是沒有對話的空間。換過是別人，即使高手如法明，在如此形勢下，實很難在不驚動任何人下，弄清楚烏素的位置，卻難不倒龍鷹。

靈鼻登時派上用場。

覷準廊道無人後，他推門閃身而出，先移往對面的艙房，舉手敲門，以突厥話道：「要茶水嗎？」

室內的天竺高手以生硬的突厥話光火道：「不要！晚飯前都不要來煩我。」

龍鷹倏閃回空艙房去，因有人經廊道到下層去。

龍鷹又來到艙廊處，不到幾步便尋到另一個天竺高手的艙房，憑的當然是嗅覺。不同的民族，不同的生活習慣，不同的飲食，會產生不同的體味。對龍鷹來說，從氣味分辨各族類的人，易如反掌。

心忖至少有一半成功的機會，因爲只剩下烏素和另一個天竺高手。在艙門輕敲兩下。

烏素不悅的聲音響起道：「甚麼事？」

龍鷹一把將門推開，烏素銳利的目光如兩支箭般射來，現出驚異之色，顯然記起他是曾在碼頭有一眼之緣的人。

龍鷹以吐蕃語傳音進他耳內道：「我是沒有惡意的，千萬要不動聲息，勿讓任何人曉得我來過。」

閃入房內，輕輕關門。

烏素盤膝端坐床上，頭髮上捲，像頂在頭上的黑色盤蛇，雙目回復冷靜，狠狠盯著他。

龍鷹爲免他生疑，傳音道：「我們到靠窗的椅子坐下，方便大家說話。」

烏素束音送回他耳內道：「我爲何要和你這個來歷不明的人說話？」

龍鷹道：「很簡單，如果閣下離開房州廬陵王府時，有少許被出賣了的懷疑，便該聽我說話。」

烏素動容道：「你是誰？」

龍鷹道：「小弟龍鷹，與烏素兄在于闐碰過頭，還給你老哥捏著咽喉。」

烏素遽震一下，從床上彈起，落到地上，自己先到靠窗椅子坐下，打手勢請龍鷹坐往隔几的空椅。

龍鷹坐好後束音道：「爲何曉得是我，烏素兄反撤去戒備之意？」

烏素苦笑道：「這裡是你的地頭，若要害我，只是舉手之勞，不用費唇舌。更何況你是我最尊敬的敵人，誰不知曉龍鷹英雄了得，絕不是卑鄙小人？」

又歎道：「更重要的是我給你說中心事。白帝文在廬陵王府一役中，逃不出來，陪他的還有兩個兄弟。六個人到高原來，只剩下一半，我再不想死得不明不白了。」

龍鷹遂將妲瑪夫人向宗楚客揭密，引致李顯全家避往襄陽，中土高手在廬陵王府設下天羅地網的事實，有條不紊的逐一相告。

烏素雙目異芒爍動，道：「這個女人是誰？她劍法超卓、內功霸道怪異，乃我平生僅見，白帝文便是命喪她劍下，此仇不報，我誓不爲人。」

龍鷹道：「仍未能弄清楚她的來龍去脈，武功該是源自《御盡萬法根源智經》，極可能是大明尊教的人。」

烏素搖頭道：「絕不是大明尊教的人，今次大明尊教是傾巢而來，以爲得大江聯的支持，可鬧中土一個天翻地覆，以雪前恥，怎曉得慘被出賣？三十二個人，只得兩個人能逃出來。」

又道：「我可以怎麼辦呢？」

龍鷹誠懇的道：「你若只是要闖出一番事業，便留下來作我的幫手，但如要報仇，便該返突厥去。」

烏素道：「明白了！」

第十一章　進退兩難

龍鷹神不知鬼不覺的離開敵舟，迎上逆流而來的大樓船，放哨者是飛騎御衛的兄弟，忙將他接上甲板去。

令羽大笑道：「鷹爺的行藏確是我等凡人難以測度，誰想得到非是鄂州，而是在大江中流接鷹爺登船。」

眾女聞聲從船艙湧出，將他團團圍著，雀躍不已。還有久違了的舉舉和她爲令羽生的兒子和女兒。舉舉雖洗盡鉛華，仍是那麼豔光四射，可見與令羽是如何恩愛開心。

令羽道：「公公說橫豎我早晚要到揚州，不如今次順路去赴任。哈！」

隨行的飛騎御衛還有小徐、小馬、小曾和小賈四個熟絡的兄弟，實力強橫，加上胖公公和半個靜齋傳人小魔女，有足夠應付任何意圖不軌者的實力。雪兒的嘶叫，從船首方向傳過來。

龍鷹道：「我們的董家酒樓之約，怕要改在揚州舉行了。」

胖公公的大頭從最上層艙廳的窗戶探出來，笑道：「女兒們將這濕漉漉的小子洗得乾乾淨淨，換過新衣，才帶他上來見公公。」

眾女一陣歡呼，擁他進艙。

背後傳來胖公公的聲音，號令立即掉頭往揚州去。

雖然胖公公急於知道他的情況，可是要到第二天的晚上，他們才有密話的機會。小魔女和人雅的威力，合起來眞不是說笑的。麗麗、秀清和青枝則以她們爲重心，築起龍家的雛形、桃源福地，迷得龍鷹不知人間何世。

直到小魔女挑戰舉舉，在艙廳舉行棋會，龍鷹終於找到脫身的機會。那種兩雌決戰，眾人起鬨的熾熱情景，確是盛況空前。甚麼觀棋不語，舉手不回，在這裡全派不上用場。小魔女顯然不敵琴棋書畫樣樣俱精的舉舉，公然求救，惹得人雅等仗義助拳，驚呼嬌笑此起彼落，歡樂滿艙。

在陣陣從艙廳傳下來的笑罵聲中，龍鷹在船尾向胖公公詳述到襄陽的事，和在鄂州遇上烏素的情況，最後道：「烏素六人潛入中土，在大江聯的接應下，從水路直抵鄂州，仍對要執行的任務一無所知，由此可見整個刺殺行動，該是由大江聯一手策劃，默啜只是負責支援和派遣高手。」

胖公公皺眉道：「法明不是從檢驗獨孤善明慘案的死者，發現下手者有來自天竺的兇徒嗎？」

龍鷹道：「烏素告訴我，他們在鄂州城郊一個秘密宅院與大明尊教會合，大明尊教的三十二個高手裡，有兩個是在天竺出生的回紇人，懂天竺語，與他們特別相投，也從兩人處得到很多本不該讓烏素等曉得的事。」

胖公公點頭道：「樹倒猢猻散，大明尊教有徒眾往天竺避難並不稀奇，奇就奇在是甚麼人，竟可使遠隔數千里的徒眾，重聚在一起，且肯爲默啜出力。」

龍鷹道：「默啜的誘餌正是《御盡萬法根源智經》完整的原本，只要成功刺殺李顯，等同聖物的《根源智經》便會物歸原主，大明尊教且會被默啜立爲國教，這樣的條件，設身處地，換過是我或公公你，亦難以拒絕，怎知是要做替死鬼。」

胖公公道：「烏素等又會得到甚麼報酬？」

龍鷹道：「離開高原後，軍上魁信派人送他們去見默啜，默啜不單任之爲將，且禮遇甚隆，醇酒美人，享用不盡，令他們生出效死命之心。默啜親口答應他們，事成之後，每人賞黃金千兩，還任他們在曾伺候過的美女裡，挑選兩人作私產。口蜜腹劍，莫過於此。」

胖公公沉吟道：「這麼看，默啜這個由大江聯一手策劃出來的行動，籌謀已久，而我們則是倉卒應變，不單陷於被動，且是任人擺佈，故而陰溝裡翻船，吃了個啞巴虧，且明明曉得中了敵人的計中之計，仍難以扭轉過來。」

龍鷹駭然道：「公公也同意法明的看法，就是那妲瑪夫人，是敵人一著厲害的棋子。」

胖公公道：「很簡單，烏素等和大明尊教的人，在鄂州呆等了多久？」

龍鷹道：「據烏素所說的，在那裡等了二十八天，不住操練和研究廬陵王府的形勢，以保萬無一失。」

胖公公哂道：「有甚麼好操練的？只因最佳送死的時辰尚未到了吧！只從此點，已知妲瑪才是大江聯的眞正殺著。」

龍鷹心忖薑確是老的辣，特別是老謀深算的胖公公。

胖公公又皺眉道：「怎會忽然鑽出個如此厲害的女人出來？」

龍鷹當然沒法答他。

胖公公仰望夜空，道：「你和法明走後的正午，明空喚了我去見她，因收到宗楚客的急信，公公當時已感到很不妥當，怎會這麼巧？聖上卻非常高興，因爲妲瑪向宗楚客揭破滅門慘案是大明尊教的嫁禍之計，使她洗脫嫌疑。那時怎想得到這麼多？」

龍鷹道：「姮瑪可以起怎麼樣的作用呢？」

胖公公道：「就要看她對李顯和韋氏的影響。千萬不要低估小可汗，更不要小看姮瑪，如此計是姮瑪想出來的，她的本領可比得上聖上。」

龍鷹聽得倒抽一口涼氣，一個明空，加上胖公公，可顛覆威勢如太陽君臨大地的大唐朝。現在則是姮瑪加上大江聯，可對大周朝造成怎樣的破壞。

龍鷹道：「法明將告訴聖上的責任，交給我們。」

胖公公歎道：「這是個最燙手的熱山芋。不讓聖上知道不成，讓她曉得又是不堪想像。」

龍鷹只好自認對政治無知，不解道：「為何如此進退兩難呢？」

胖公公解釋道：「大唐之所以能出現自古以來從未有過的盛世，是因建基於堅實的律法，即使以明空威權之大，要殺一個人，亦必有律法做依據，推事院就是這麼來的，否則來俊臣那群酷吏怎能小鬼升城隍？他們的工作便是為聖上想殺的人羅織罪名。現在姮瑪有功無過，想殺她是難之又難，反令人以為我們『項莊舞劍，意在沛公』，針對的是李顯。」

龍鷹道：「這方面我也想到了。可是告訴聖上我們的想法，讓她心裡有個警覺，該是有利無害。」

胖公公問道：「假設你是聖上，聽到我們的猜測後，會如何反應？」

龍鷹凝神想了片晌，苦笑道：「當然不能無端端把她斬了，只好儘量壓制她，不讓她有作惡的機會。」

胖公公道：「可以怎樣壓制她呢？她將會與李顯和韋氏渾爲一體，在暗裡推動他們。壓制她相等於壓制李顯，使李顯沒法登上皇座。他奶奶的，李顯今次是強勢回朝，依法規可成立自己的官署，如若個小朝廷，他的登位更是大勢所趨，與你關係密切的重臣大將，比如國老、張柬之、婁師德等將全站在李顯的一邊，那時你選擇聖上還是他們呢？」

龍鷹終告頭痛，說不出話來。

胖公公拍拍他肩頭道：「此事待公公好好想一想，你的女人來找夫君大人哩！」

小魔女和人雅與高采烈來到龍鷹身旁，給他來個左擁右抱，可是他腦袋仍不受控制的去想著朝廷未來的可怕情況。

小可汗太厲害了。

那種有力難施的感覺，令人沮喪。縱然打贏無數勝仗，也似及不上這個命中自己要害的殺著。

「誰勝呢？」

人雅豎起五指，道：「負五子，我們當作是贏了。嘻嘻！」

小魔女興奮的道：「明天我們和她再大戰一場，絕不會弱了你龍家的威名。」

龍鷹知她因樂極忘形，才肯這麼吃虧自稱爲龍家的人，忘掉了煩惱，道：「明早抵達揚州，我們到哪裡玩兒？」

人雅笑逐顏開道：「仙兒說遊揚州後，還要遊蘇杭，是不是眞的呢？」

龍鷹拋開一切，心忖便陪嬌妻們遊山玩水，直至六月底，才往湘陰去。道：「你喚她做仙兒，仙兒喚你做甚麼呢？」

小魔女嘟長嘴兒道：「雅兒是不自量力，明明比人家小三個月，竟敢以下犯上，你快去管她。」

人雅笑嘻嘻道：「仙兒比仙姐好聽嘛！」

龍鷹心迷神醉，生活最迷人處，正是這些無關痛癢的瑣事，亦可變成無窮的樂趣。看著兩大絕色，在眼前如盛放奇花般爭妍鬥麗，心癢起來，道：「這處人多耳雜，讓我們回新房再聊個痛快。」

狄藕仙拋他個媚眼，咬著他耳朵道：「給你壞個痛快才眞。」

人雅不依道：「夫君大人尚未回答雅兒，是否會到蘇杭去呢？」

龍鷹正容道：「小魔女狄大姐一開金口，此事已成定局，小小的一個龍鷹哪敢反對？」

人雅高聲歡呼，投進他懷裡去。

小魔女則給他哄得心花怒放，被龍鷹趁勢狠狠痛吻。

龍鷹吻完仙兒，又吻雅兒，見兩女一副情動媚樣兒，色心大動，道：「今晚大家都玩累了，好該早點上床。」

小魔女在他耳邊呢喃道：「這是龍家的『日出而作，日入而歸』。」

人雅脫出他懷抱，急道：「還不行呵！人家受託有事上來問夫君大人呵！」

龍鷹另一隻手已開始侵襲狄藕仙動人的魔軀，令她雙頰泛赤，垂首不能說話。訝道：「受何人之託？」

人雅道：「是受小慧和小嬌之託，她們想多知道點有關未來主子的事。」

小慧和小嬌正是胖公公的兩個貼身愛婢，備受這個權傾宮廷的太監大頭子疼愛，還爲她們的終身幸福多次要求龍鷹接收兩女，後龍鷹終於想到最好的解決辦法，就是將他們轉送予品格俱佳的覓難天。今次是遊山玩水，所以胖公公亦帶她們一起來。兩婢可能還是首次離開神都，都開心得要命。

人雅與她們同是小宮娥出身，同聲同氣，她們有事，當然由人雅爲她們辦。

以胖公公一向的行事作風，未到事成，理該不會向兩婢透露，現在竟破例這麼做，可見他的心的確軟了，亦可能他並不看好自己的未來。

龍鷹道：「著她們放心，此人名覓難天，乃吐火羅第一高手，像為夫般高大英俊，風趣卻懂得無禮。哈！更是我的兄弟，定會珍惜她們。」

人雅歡呼一聲，報喜去了。

狄藕仙喃喃道：「風趣卻懂得無禮，自稱高大英俊，耗子掉落天秤，自己讚自己，想笑死仙兒嗎？」

龍鷹嘻皮笑臉道：「甚麼都好！正事要緊，現在我們立即回艙洞房。」

狄藕仙伏入他懷裡去，嬌嗲的道：「百次千次了，還說甚麼洞房？」

龍鷹心癢難熬的道：「每一次交歡，都像第一次交歡般，不是洞房是甚麼？看！月兒又出來哩！提醒仙兒的第一次，亦是在一艘正航行著的船上發生的。」

狄藕仙香軀滾熱，嬌柔無力，嗔道：「你這壞人呵！弄得人家沒法走路呢！」

龍鷹攔腰抱起她，道：「闔上眼睛，再睜開時，我們該已身在揚州。」

展開腳法，返艙去也。

接著的五十天，是龍鷹自懂人事以來，最開心快樂的日子，唯一的遺憾是對美修娜芙母子的牽腸掛肚，也令他想出個新主意，遂去找胖公公商量。

樓船此時離開錢塘江，進入運河。

胖公公優閒的坐在面對船首、位於艙樓最上層的望臺吞雲吐霧，看著龍鷹在身旁坐下，道：「我的乖女兒們呢？」

看著西沉的夕陽，龍鷹伸個懶腰道：「她們今天遊湖，明天登飛來峰，差點樂瘋了，一歇下來，都大嚷吃不消，晚飯後全返艙房休息去。」

胖公公有感而發道：「這才是人生。」

又問道：「何時離船？」

龍鷹道：「返揚州後，我便離船到湘陰。」

胖公公提醒道：「記得留下所有可顯露你身分的東西，特別是醜面具，還要收拾心情，重新提高警覺性。」

龍鷹道：「明白！我有個想法，不知可否行得通。」

胖公公道：「說吧！」

龍鷹道：「我想帶她們到高原去，與美修娜芙母子一起生活。」

胖公公認眞的思索了好一會，道：「明空該不會阻撓。」

龍鷹吃驚道：「公公爲何要想這麼久？」

胖公公道：「我在想，這般做對你是有利還是有害。可是當想到只當作是遠遊，聖上也很難說不，當然是有點捨不得呢。」

又道：「此事由公公去處理，更是明空向你顯示她信任你的好機會。」

龍鷹道：「她仍不肯信任我嗎？」

胖公公苦笑道：「這是我聖門中人的通病，寧願信任外人，也不肯相信本門的人。明空對我有戒心，我對法明有戒心，反之亦然，互相疑忌。幸好你可算是半個外人。」

稍頓續道：「聖上現在最害怕的事，是你背叛她，又或離開她，她會承受不起。」

龍鷹歎道：「我已深陷大周皇朝永無休止的明爭暗鬥裡，且再分不清楚敵我。而對中土，我不但有深刻的感情，還感到有盡忠的必要。」

胖公公點頭表示明白，輕輕道：「對聖門又如何？」

龍鷹神情古怪的道：「或許是因公公的教化，那晚我們四人在上陽宮說話，我首次感到自己眞是聖門的一分子。」

胖公公欣然道：「吾道不孤矣。」

龍鷹順口問道：「想好了嗎？」

胖公公愕然道：「想好甚麼？」

龍鷹道：「就是有關妲瑪夫人的事。」

胖公公答非所問的道：「韋氏已收妲瑪作妹子。」

龍鷹大訝道：「你怎會知道？」

胖公公道：「因爲公公是天生辛苦命，一天不曉得神都的事，那一晚會沒法入睡。哈！我們並沒有看錯妲瑪，只是低估了她。這是個最能發揮影響力的身分。」

龍鷹問道：「他們回神都了嗎？」

胖公公道：「快了！武三思正和韋氏打得火熱，樂不思蜀，給聖上催了兩次，方肯定下歸期。唉！事實上我們的所謂大計，已經失控，大江聯事了後，給公公立即趕回來。」

龍鷹問道：「那稟上去還是壓下不提？」

胖公公頹然道：「仍在考慮哩！」

第十二章　湘陰之約

樓船在揚州逗留了三天，龍鷹分別與桂有爲和宋言志秘密會面，安排好令羽一家在揚州安居的諸般問題，然後與胖公公和嬌妻們告別，目送樓船北上回神都，他則按與劉南光的約定，從陸路晝伏夜行的趕往岳陽去。今次是不容有失，絕不可以出漏子，不但要騙大江聯，還要騙劉南光身邊的俚女，所以在細節上做足工夫。劉南光如何到岳陽去？如何消失？改由龍鷹代替的整個過程，都經過仔細思量，一絲不苟。更重要的是龍鷹必須弄清楚劉南光的近況，否則給大江聯的人問起來，會立即拆穿他是「冒充」的。

兩人在城郊的山野碰頭。

劉南光回復本來的面貌，道：「感覺很古怪，有點像給打回原形，變回吊兒郎當，一無所有的人。」

龍鷹在小崗上掃視月夜下的遠近平野、西北方的洞庭湖，笑道：「是否當范輕舟當上癮呢？」

劉南光點頭道：「權力和財富，以及隨之而來的一切，確會令人迷戀，生出很難走回頭路的感覺。忽然變得無所事事，還要躲起來，眞的不習慣。」

龍鷹抓著他肩頭道：「三個月的時間轉瞬即逝，快至你不能相信，乘機藉此機會好好修練武技，有益無害。最近做過甚麼事呢？」

劉南光遂將別後的情況，一一道出，特別是業務上的發展，接觸過哪些人，詳細描述。最後道：「近日最轟動的事，莫過於當年兩個漏網的魔門高手重出江湖，還意圖行刺中宗。這兩人眞厲害，在襄陽被重重包圍，仍可安然逸去。」

龍鷹道：「還有呢？」

劉南光在龍鷹的瞪視下，搜索枯腸，拍額道：「噢！還有是收到飛馬牧場的請柬，被邀參加明秋舉行的飛馬節。我當然不該去，對嗎？」

又道：「說起請柬，令我記起一件古怪的事。」

龍鷹訝道：「有甚麼怪事，是與請柬有關的嗎？」

劉南光道：「請柬交到我手上後的第五天，我收到一個沾著香氣的便箋，箋上寫著『飛馬之節，與君再續前緣』兩句沒頭沒腦的話，以一個『薇』字作署名。」

龍鷹凝神想了好半晌，一震道：「糟糕！今次有麻煩了。」

劉南光色變道：「麻煩？」

龍鷹道：「便箋是如何送到你手上的？」

劉南光道：「是以袖箭釘在府門上，下人去應門時，見不到人，只見到箭書。」

龍鷹問道：「那麼容易可找到你的居停嗎？」

劉南光道：「正因不容易，我才記得深刻。成爲范輕舟後，我一直居無定所，今早不知今晚會在哪裡睡覺。」

龍鷹沉吟道：「如此看，她已對你下過調查的工夫。」

劉南光道：「她究竟是誰？」

龍鷹仍在皺眉苦思，隨口應道：「是你的舊情人。」

劉南光愕然道：「算得上是舊情人的，倒有好幾個，不知是哪一個呢？」

龍鷹沒好氣道：「是范輕舟的舊情人，一個叫采薇的女飛賊，當年她撇掉范輕舟，累得他酗酒了一段日子。唉！她肯定已知你是冒充的，爲何不直接勒索，卻要玩袖箭留書的把戲？」

劉南光道：「如被她四處散播我冒充范輕舟的謠言，以前的所有努力，豈非盡付東流？」

龍鷹道：「揭破又如何？誰會相信她？頂多是破壞我們和大江聯的關係，你仍可繼續當你的范輕舟。放心吧！揭破你對她有何好處？正因她另有所圖，才以便箋對你做些提示，讓你心裡有個準備。」

劉南光道：「提示非常清晰，就是與飛馬節有關係。」

龍鷹道：「凡事有利也有弊。因飛馬束而得到混入大江聯總壇的機會，也因飛馬束而惹來女飛賊，一得一失，確是筆糊塗賬。」

劉南光道：「她該是要藉我的掩護，好到牧場偷東西。她想偷甚麼呢？」

龍鷹道：「肯定非是金銀珠寶，否則可直接勒索你。勿要小覷此女，她精通易容改裝之道，從未失手過，且會在我們最料想不到的情況下出現，教我們縱有殺人滅口之心，亦沒法奈何她。」

拍拍劉南光肩頭，道：「一切待我回來後再說，記著須按計劃行事。」

劉南光恭敬的答應了。

在到湘陰前，龍鷹從沒想到是這麼如詩如畫的鎮子，甚至根本沒空去想湘陰是怎麼樣的一個地方，只知是到大江聯總壇的起點。

他沒有欺騙自己，對花簡寧兒的肉體他仍是意猶未盡，這突厥蕩女，在床上的表現確可當得上「尤物」的形容。

到大江聯非是沒有風險，劉南光是不可能將數年內發生過大大小小所有事，盡告於他，而對方則是密切監視劉南光的行動，還用到枕邊人的陰招，所以極可能在最想不到的地方，又或答錯某句話，致被揭破。

幸好有宋言志這一著，從他處間接曉得大江聯仍抓不著他的小辮子，故而仍藉著以宋言志為首的情報網，繼續調查他。

就是在這樣心情忐忑的情況下，他進入江南大鎮湘陰。

河道穿鎮，溪水橫延，舟楫四通，河街相交，橋樑通便。

龍鷹走過一重重圓拱式的過街卷門，千百民居臨水而築，粉牆黛瓦，棕黑的木門隔扇，河埠的踏級石階，整齊的石駁岸，夾河的小街水巷，沿河的古松翠柏，倒映在漣漣水波裡，令美麗的水鄉彷佛同時存在於現實和水映中。

龍鷹經過一道拱橋時，停下來倚欄看著一艘正在河道上一角撒網捕魚的漁舟。船艄上晾曬著各種顏色的衣物，充盈生活的氣息。

湘陰是個寧靜的鄉鎮，行人不多，有種懶洋洋的氣氛。入鎮不到一刻鐘，龍鷹已給如畫卷般的風光、水鄉的風情俘虜了，忘掉一切。

湘陰的主大街靠近湘江的碼頭區，商店林立，人流集中，路面鋪石板，下設陰溝，供雨天排水，商店一家緊挨著一家，很有特色。龍鷹在主街找到指定的客棧，要了間上房，飯也不吃的倒頭大睡。

龍鷹醒轉過來，卻沒有睜開眼睛，裝做仍好夢正酣，發出均勻的呼吸聲。

花簡寧兒靈巧似燕的穿窗入房，移至床邊，默立不語。

龍鷹知被她看破在裝睡，睜開雙目，雙手枕在後腦處，輕鬆的道：「美人兒怎曉得小弟在詐睡？」

花簡寧兒沒好氣道：「你發跡前是幹哪一行的？」

龍鷹灑然道：「忘掉了，這叫英雄莫問出處。嘻！現在我已洗心革面，做回個好人。來！先親熱一番再說。」

花簡寧兒坐往床邊，警告道：「勿要碰我，外面還有人等候。」

龍鷹知她是虛言恫嚇，並不揭破，也從而曉得上次在江陵，她在自己半強迫下失身，對此她並不服氣，尚未全面向他投降。朝她望上去道：「親個嘴總可以吧！」

在客房的暗黑裡，花簡寧兒俏臉轉紅，語氣仍保持冰冷，狠狠道：「真不明白總壇因何這麼重視你這個好色之徒，最近還花了很多工夫，託盡人事，爲你擺平雲貴商社的古夢。」

龍鷹終記起「范輕舟」和古夢的樑子，就是范輕舟偷了古夢的一個愛妾，范輕舟的同鄉韓三還表示不明白他的范大哥爲何如此愚蠢，千不偷萬不偷，偏要去偷他惹不起的人的女人。

他忽然發覺自己進一步了解法明代入另一個身分的苦與樂，那是絕不能從平常的自己得到的。就像現在的他，必須以「范輕舟」的身分去思索、反應、感受，方有可能在長期相處下，瞞過對方。

如果自己繼續以「龍鷹」的習慣方式面對敵人，只花簡寧兒這一關已過不了。歎道：「往事不消提，我就是這麼一個人，做起事來不顧後果。」

花簡寧兒咬牙切齒的道：「害怕了嗎？」

龍鷹探手抓著她玉臂，出奇地突厥美女並不拒絕，直至給他扯進被窩裡，才抗議道：「不成！我們要立即動身。」

龍鷹一邊吻她，一邊遍體摸索，毫無顧忌。

花簡寧兒嬌喘著道：「不要胡鬧，正事要緊。噢！求求你不要。」

雲收雨散後，赤裸的花簡寧兒伏在他胸膛上，輕輕道：「不要因再次在人家身上得逞而高興，寧兒永不會心甘情願的從你。」

龍鷹心忖這倒奇怪，花簡寧兒分明是男女關係隨便的蕩女，而剛才她表現出來的投入和放浪，顯示她對自己非是沒有感覺，爲何嘴皮子卻不肯承認呢？難道只爲「殺夫之恨」，想想又認爲沒有道理，她只是奉命行事，對亡夫根本沒有愛意。

就在這一刻，他閃過明悟，掌握到她微妙的心態。正因花簡寧兒對自己生出難得的情愫，方會如此痛恨他。

從虎跳峽到江陵，再從江陵到湘陰，自己雖對她百般挑逗，毫不客氣地佔她便宜，甚至得到她的身體，都是一種對付敵人的手段。在這樣的情況下，敏銳的女性觸覺，令花簡寧兒感到被他視爲玩物，偏自己又樂在其中，無力抗拒，不由恨起自己來，也更痛恨龍鷹。

如果花簡寧兒對他有慾無愛，像與池上樓的關係，合則來不合則去，只視作逢場作戲，反乾淨爽脆。

明白歸明白，龍鷹絕不會因此而愛上此女，戰爭就是如此殘忍不仁，不擇手段。

一時也說不出話來，因曉得不論說甚麼，都會傷害她。剛有過男女間最親密的行爲後，實在有點不忍心。

「爲何不說話？」

龍鷹苦笑道：「小弟可以說甚麼呢？」伸手愛撫她沒有半點多餘脂肪、強壯嫩滑的玉背。

花簡寧兒道：「你一點不介意我恨你嗎？」

龍鷹違背心中想法的答道：「如果我在意別人對我的看法，我的聲譽不會這樣差，今天雖改做正行，可是本性難移，早慣了不理別人是否介意。唉！寧兒香主不喜歡我，我有甚麼辦法呢？趁有點時間，再來一次如何？」

花簡寧兒沒好氣道：「你在徵求本香主的同意嗎？你該知道答案。」說話時，輕輕用指尖在他胸膛上比劃著，又輕柔的道：「你現在還欠女人嗎？不要告訴我你對人家情有獨鍾，說出來連你自己都不相信。」

龍鷹一個大翻身，將她壓在下方，笑道：「香主剛將小弟心裡的話說出來。」

花簡寧兒的身體灼熱起來，神態卻是若無其事，不爲所動，淡淡道：「我想問你一個問題，若我不問你，別人也會問你，答得猶豫，又或臨時堆砌，都會爲你惹來殺身之禍。」

龍鷹訝道：「竟然有這樣的問題，寧兒不是恨我嗎？爲何忽又這般關照小弟？」

花簡寧兒平靜的道：「總壇對你不是沒有懷疑的，最大的問題是你的表現太出色了，與前判若兩人。尤令人不解的，正如你自己說的，你雖未至於聲名狼藉，但怎都算不上是個好人。擒殺採花盜還可說是爲了龐大的賞金，但送兩個小道姑到慈航靜齋卻是毫無道理。」

龍鷹聽得一顆心直沉下去，不悅道：「老子愛幹甚麼便甚麼，何況那時我尚未加入大江聯，哪由得旁人來指點？可不是我來央你們收留我，而是你們來招攬范某人。」

花簡寧兒「噗哧」笑道：「眞好！終看到你動氣了。這方面，寬公是明白你的，他曾向小可汗說出他的分析，指人性是很奇怪的東西。在生死的脅迫下，你不得不與烏江幫的人聯手，大破我們偷襲客貨船的船隊，因而被烏江幫和乘客視爲救命恩人，捧上神明般的位置，讓你體會到做好人的好處遠比當強徒有更大的回報，並因此與王昱結交，受他委託而設陷阱對付採花盜，成功後更得到整個大江水道軍方的支持，可說是一登龍門，聲價十倍。你是聰明人，當然會做出明智的選擇。可是如果就此對兩個道姑的事坐視不理，會將你因緣巧合下建立起的形象毀於一旦，這叫順勢而行，結果你成功了，還贏得白道武林的讚許，包括竹花幫的桂有爲在內，再沒有人計較你以前幹過甚麼傷天害理的事。」

龍鷹心忖寬玉肯這麼想就最好。同時心中懍然，寬玉對人性，確有深刻的認識，若自己眞的是范輕舟，因應當時的形勢，說不定眞的會改變。說到底，還是個利益的問題。所謂「發財立品」，仍是爲爭取最大的利益。

龍鷹不解道：「既然如此，還有甚麼問題要質問小弟呢？」

花簡寧兒道：「最大的問題，就是你爲甚麼肯這般聽話，一召便來，而不是諸多推搪？」

龍鷹大奇道：「聽從命令，竟反而是問題嗎？」

花簡寧兒道：「這般急召你到總壇去，是不得已下的決定。寬公便曾推測，你將會拒絕到總壇去，到曉得你答應後，雖沒有說話，但我曉得他對自己的預言落空了，感到驚訝。」

龍鷹心叫好險，重重吻在她香唇上，心中不無感激之意。

花簡寧兒熱烈回應。

唇分。

花簡寧兒回復冷淡的神態，道：「你是聰明人，該明白我的意思。那天我聽著你對格方倫說，你所追求的，不外財富和美女，現在兩者均已是你囊中之物，還可有何增添？如果你要斬斷與大江聯的關係，沒有人可奈你何，可是若到總壇去，一切再不由你控制了。」

龍鷹從她嬌軀翻到她一側去，仰望屋樑，道：「對！我爲何要到總壇去呢？難道眞的受到老爹的影響？」

花簡寧兒乘機坐直嬌軀，道：「你對政治有野心嗎？」

龍鷹道：「我一直過著今天有酒今天醉的生活，不過人望高處，水望低流，任何生活，習慣了便平平無奇，想找點更刺激的事情來幹。或許這是我想到總壇見識一下的原因，看看是否眞有爭霸天下的能力。」

花簡寧兒道：「寬公或許肯接受你這個解釋。他常說非凡的人，總是不甘心於平淡，野心和好奇心，都是漫無止境。平凡的人，只能在心內想想；非凡的人，則付諸行動。」

龍鷹道：「寧香主相信我這個解釋嗎？」

花簡寧兒輕輕搖首，表示不信。

第十三章　情場戰火

龍鷹登上漁舟，沿湘江北上，駛往洞庭湖。這樣的漁船再普通不過，舉目皆是，不會惹人注目。操舟者是兩個漁民打扮的人，帶著本地口音，如不是地道的漁民，也該在這一帶混了不短的時日。

自五更時分，一直下著毛毛雨，雨和晨霧混而為一，雨霧難分。花簡寧兒留在艙內，亦沒有阻止他到船頭來淋雨。

龍鷹思潮起伏。

胖公公說得對，人總愛憑自以為是的見地，以偏概全，將遇上的人簡單分類，事實上對別人的「眞我」，近乎無知，且習非成是，還以為看得很準。像他對花簡寧兒，憑著幾個印象，將她定性為背夫偷漢的淫婦，現在才知錯得多麼厲害。

昨夜花簡寧兒向他透露的事，等同叛幫。事實上她這種作風，早有跡可尋，只是他沒有在意，又或不屑為個蕩女勞神。當日她明知大江聯在籠絡「范輕舟」，她仍一意煽動池上樓來對付他，便知她任性大膽，不將寬玉的命令放在眼內。寬玉曾說過，只要一句話，花簡寧兒便屬他所有，由此可見，在寬玉眼中，花簡寧兒只是個有身分地位的高級女奴，亦正因此花簡寧兒心底並不承認硬派給她的婚姻，也是她對由別人安排的命運的反動。縱然如此，她對亡夫仍算有情義，所以想為他報仇雪恨，只沒想過會對「殺夫仇人」生出好感。當日花簡寧兒誤以為他已離船而去，立在艙窗前發呆的情景，浮現心頭。

「平湖一望上連天，林景千尋下洞泉。

忽驚水上江華滿，疑是乘舟到日邊。」

八百里洞庭，幽深莫測，浩瀚無涯，荒荒渺渺。碧波萬頃裡，大小島嶼星羅棋佈，青山抱綠水，綠水映青山，極盡湖光山色之美。

廣如汪洋的洞庭湖，湖內的數十島嶼，只小部分有人居住，漁村大多坐落於環繞大湖的平原沃野，盡享魚米之鄉之利，累世安居，生活平靜豐饒。

大周水師自曉得大江聯總壇位於洞庭湖秘處後，曾多次派船隊到湖內搜尋，不放過任何島嶼，但最後仍是無功而返，令軍方百思不得其解，甚至懷疑是子虛烏有，乃大江聯放出的煙幕彈，所以今次花簡寧兒領龍鷹到洞庭湖來，光是行動本身已具深刻的意義。

離開湘陰後第二天的晚上，載著龍鷹的漁舟抵達洞庭湖西南岸的一個漁村，離舟登岸，漁舟逕自離開，花簡寧兒則領龍鷹到村內一間泥石屋安頓。道：「明天黃昏，我們由此出發到總壇去。」

龍鷹忍不住問道：「在這裡生活的，全是土生土長的漁民，難道他們都是我們的人嗎？」

自離開湘陰後，一直沒和他說過話的花簡寧兒，冷漠的道：「讓我告訴你到總壇後的第一戒條，就是只可聽不可問。」

龍鷹在一邊的椅子坐下，不悅道：「總壇的人當我們是甚麼呢？是沒有感覺和思想的工具嗎？」

房舍分前後兩進，前進是個廳子，後進是臥室、澡房、灶房所在，以天井連起來。家具簡樸實用，沒有華美的裝飾，卻是親切自然，加上剛入秋天，湖風陣陣，別有漁村的風味。

花簡寧兒燃亮油燈，輕輕道：「後悔到這裡來嗎？」

龍鷹笑道：「幸好仍未是悔之已晚，現在開溜仍很方便。」

花簡寧兒冷然道：「遲了！」

足音在後進響起，兩個年輕的漁村女郎以竹盤托著魚、肉、菜俱備的菜式，帶來他們的晚膳。兩女雖是荊布釵裙，但容貌端麗，身材豐滿健朗，青春活潑，笑容可掬，另有一股誘人遐想的清新氣息。

花簡寧兒漫不經意的道：「康康和惠子今晚是你的女人，范爺愛幹甚麼都可以。」

看著兩人繞著擺在廳中間的桌子團團轉，佈置晚膳，飯香飄送，菜餚熱氣騰升，龍鷹心叫厲害。這種「家」的感覺，加上兩女樸實無華卻是青春灼人的美色，合起來即使以龍鷹的見慣美女，亦要怦然心動，頗有明知闖的是龍潭虎穴，也要待明天才有暇去想，趕也不願走的滋味。至於漁村的住民是怎樣來的，在眼前動人心魄的氣氛下，已變得無關痛癢。

究竟是怎樣一個腦袋方能想出來的手段？

龍鷹自然而然的應道：「今晚我只想寧香主陪我。」

兩女毫無異樣神色，還不住交頭接耳的嬉笑，她們無拘無束的神態、盪漾於廳內的笑語，驅走了舟船的勞頓。

花簡寧兒毫不留情的道：「范爺勿要惺惺作態，像你般的男人本香主見慣了，滿口甜言蜜語，轉個身已忘得一乾二淨。不要看她們不怕男人，事實上她們都是未經人道的處子，且是純正的本族女郎，她們不但今晚屬於你，以後都是你的人，這已是接待新到總壇者的最高規格，可見對你的重視。明天黃昏她們會伴你一起到總壇去。屆時我會來接你。」說畢玉立而起，就那麼頭也不回的去了。

兩女垂手站在一旁，齊聲轉以突厥語道：「主人請用膳。」

龍鷹整個頭皮發著麻，生出入局的無奈感覺，又是進退兩難。這看似輕鬆隨便的接待，事實上像無形的索子般綰著他的心。一個男人不論如何狠辣無情，對將處子之軀交給自己的美女，怎都有溫柔心軟的一面，何況像自己般重情重義的人。只此一招，已教他吃不消。

如果不碰她們，光是這點，足令大江聯懷疑自己的居心。

臨天明時下了一場雨，雨後漁村被薄霧籠罩，雲霧繚繞，遠近景色忽隱忽現，令人幻覺叢生，感覺奇特。

龍鷹自由自在的走出房舍，來到湖邊，剛好目送兩艘漁舟沒入遠方的迷霧裡。剛才仍在床上時，早聽到漁民們準備作業的聲音，對從未在漁村生活過的龍鷹而言，感覺新鮮愉悅。

忽然間，他明白了漁村和大江聯的關係，對這些與世隔絕的漁民來說，大江聯是他們最可靠的交易對象。村民定時向大江聯提供食物和土產，大江聯則供應他們缺乏的金錢和物資，並提供保護。關係就是這般建立起來的，在悠長的歲月裡，變成牢不可破的依賴和信任。大江聯的志向是遠大的，從這些微細處可看出來，其最終的目的，是取大周皇朝而代之。龍鷹出道後，雖然不住打擊它，不但仍沒法動搖對方的根本，還因被大江聯成功將妲瑪安置到李顯身旁，因而處於下風。

他能挽狂瀾於既倒嗎？來前他是信心十足，現在再不敢那麼肯定。昨夜的歡好纏綿後，康康和惠子已成為他的女人，命運亦與他掛鉤。如果他有任何背叛的行為，雖不至於將兩女處死，但卻會變成人人可染指等同妓女的可憐人，想想已教他心翳。雖明知兩女會把他睡時的夢囈亦上報，他仍沒法不憐愛珍惜她們。

大江聯籠絡他的種種手法，該是寬玉一手安排，針對的是他突厥人的出身，力圖喚起他對民族的感情。

龍鷹在一塊大石上坐下來，心忖對著如此煙波浩渺、水天一色的美景，看多久都不會厭倦。

在雲霧難分的朦朦朧朧裡，視野內的湖岸水清浪白，映碧疊翠，間有漁帆翩翩而過，彷似在神秘的鏡面滑行。

先在漁村度過一晚，實是高明的一著，可擺脫任何跟蹤者，且擺明到總壇的水途會有特別措施，令他即使抵達總壇，仍摸不清楚總壇在洞庭湖的位置。

金沙幫的分壇該已完蛋了，大江聯變得更為小心謹慎。

花簡寧兒來到他身旁，坐在旁邊的另一塊石上，輕輕道：「對不起！」

龍鷹一怔後朝她瞧去，美女化身爲漁女打扮，配合她的風韻，自有另一番美態。不解道：「爲何要道歉？我從未想過寧香主會向我說『對不起』。」

花簡寧兒岔開不答，問道：「我說過寬公或許會相信你。你明白我爲何這麼想嗎？」

龍鷹道：「這個我明白，因他不單曉得小弟身家清白，還因急需小弟爲他辦某一件事，所以事事朝好的一方面去想。但卻不明白，爲何寧香主竟不相信我？」

花簡寧兒忍俊不住的「噗哧」嬌笑，橫他一眼，道：「身家清白，虧你說得出口。不過對你的調查雖然徹底，又派人到你在貴州的出生地，但仍抓不著你說謊的證據。」

龍鷹不解道：「既然如此，寧香主還有甚麼好懷疑的？」

花簡寧兒柔聲道：「男人往往在一些地方，不自覺暴露自己的本性。范爺每次和人家歡好，不論開始時如何兇巴巴的，可是眞正銷魂時，總能顧及寧兒的感受，爲寧兒設想，這樣的一個人，怎似是黑道上的強徒？」

龍鷹暗裡出了一身冷汗。就在這一刻，他清楚掌握到花簡寧兒是來試探他的人，手段高明，令自己陷入溫柔陷阱仍懵然不知，還以爲花簡寧兒因愛上自己，不惜向他洩露機密。

幸好男女間的欺騙遊戲是兩面都鋒利的刃鋒，花簡寧兒騙他的同時，亦不由對他生出感情，剛才「對不起」三字，確是發自眞心。

龍鷹道：「你有這個看法，只因不明白我。」

雙目射出傷感的神色，道：「你們調查仍不夠徹底，漏掉了一段曾令我神傷魂斷的感情。我是怎樣的一個人，她最清楚。」

花簡寧兒含笑道：「你指的是『飛賊』采薇，還是古月的小妾艾芙？」

龍鷹心內震駭，表面當然若無其事，硬著頭皮道：「問她們哪一個都行。」

花簡寧兒氣定神閒的道：「一個不知所終，一個則給古月親手勒死，范爺教寧兒去問誰？」

龍鷹失聲道：「勒死了！」

花簡寧兒聳聳肩胛，道：「古月下一個最想勒死的人，正是范爺。」

龍鷹坐在經特別設計的船艙內。

來接他們赴總壇的風帆，比載他到漁村來的漁舟大上一倍，性能良好，轉動靈活，船體堅固，由十二個大漢操舟。

此時的龍鷹，對各類船舟已有一定的認識，一眼看出屬最新型的沙船，平頭方艄，最大的特色是底平船寬，具有吃水淺，阻力小，行駛平穩，能在沙灘淺水處通行的優點。一般的船多用石碇，此船用的卻是鐵錨，有錨齒可抓住泥沙，在碇泊方法上是進步了。以小觀大，從這艘船，加上在南詔用過的上等弓矢和六弓弩箭機，從而推測出大江聯不能輕視的實力。

對於小可汗，他已生出難以壓抑的好奇心。

船艙設在風帆中間偏船頭處，圓拱形，寬丈許，長達兩丈，如滿設座位，可容納三十至四十人。不過船艙沒設座位而是鋪以厚地蓆，還有供挨坐的竹枕，寬敞舒適，兩端出入口垂下竹簾，雖然透風，卻封擋了視線。兩邊左右開窗，卻以木板為窗門，以兩支木臂將窗板從底部撐往窗外去，故雖沒法透窗欣賞外面的景物，清新的湖風卻可從下方間隙處吹進來，不虞氣悶。

康康、惠子和花簡寧兒隨他一起進入船艙，出奇地三女都席地坐在他對面，沒有人過來纏他，且神態端莊，沉默不語。

在夕陽斜照下，沙船離開漁村，揚帆入湖。花簡寧兒燃亮掛在一角的風燈，大放光明，艙內的光度超過了艙外漸轉昏沉的天色，充盈女兒體香的船艙變成了在視覺上封閉的小天地，香豔旖旎，只要是好色者，都會受到這迷人氣氛的感染。

龍鷹感覺到因三女異樣神態而來的不妥當感覺，但一時又想不出在何處出了岔子，忽然間，他感應到三女的不安，這不安並沒有由身體去顯示，而是從她們的心跳和脈搏察覺出來，倏忽裡，他已掌握到問題出現在甚麼地方，連忙裝出色迷迷的樣子，掃視三女誘人的曲線。

果然三女都像鬆了一口氣般，花簡寧兒還向他報以鼓勵的微笑，更堅定他心中的想法。

龍鷹暗呼好險，心忖大江聯果然不是和稀泥，處處妙著，稍一不愼立即露出破綻。在抵達總壇前，第一次到總壇去者，都被置於考驗下，過程苛刻嚴厲。

假設龍鷹對大江聯意圖不軌，現在正是最關鍵的時刻，就是查出大江聯總壇在洞庭湖的位置。

可是在這麼一個封閉的環境，除非探頭出竹簾往外看，又或推開窗板，否則哪知身在何處？可是一旦有這些窺看的動作，給三女報告上去，對他的信任當然大打折扣。

但若表現出因此而來的不安，亦會惹起懷疑。只有心內沒有不軌之念者，在悶極無聊下，會受到眼前活色生香的美女們的吸引，在她們身上取樂解悶。

三女是奉有嚴令故意不逗他，還裝出凜然不可侵犯的模樣。

龍鷹心中好笑，換過別人，顧著和三女嬉戲玩樂，肯定暈頭轉向，不辨東西。可是他不單能心分二用，且有驚人的記憶力，加上靈耳靈鼻，只要接近島嶼或礁石，便有如目睹。

龍鷹哈哈一笑道：「寧香主請到小弟這邊來。」

花簡寧兒發自眞心的瞇目皺鼻地拋他一個媚眼，道：「范爺想康康和惠子恨死我嗎？」

康康和惠子各自送他一個幽怨的眼神。

龍鷹欣然道：「老子只得一個人，當然有先後次序之分，還好我這個人最公平，保證美人兒們人人雨露均霑，個個幸福快樂。哈哈！」

康康大吃一驚，道：「會給人聽到呵！」

只從這句話，便知到總壇至少需時一個時辰之上，否則康康會說不夠時間歡好。

花簡寧兒笑罵道：「不但會給人聽到，還會給人看到，這叫『人暗我明』。噢！」

龍鷹收回弄熄風燈的手指，艙內一時黑得伸手不見五指，在船首照明的燈光隱隱映照入簾。

下一刻已響起親嘴的聲音和花簡寧兒的呻吟聲。

龍鷹的心神則一分爲二，一邊享受與三女的溫存親熱，另一邊則將魔種的神通發揮盡致，不放過船外的任何變化。

第十四章　媚術高手

龍鷹度過了生命裡奇異動人的晚夜。

在船艙內半封閉的小天地裡，愛慾橫流，男歡女愛的熾熱情火熊熊烈燒，忘掉一切，顛倒迷失。

可是同時他超然於肉慾的層次之外，以晶瑩剔透的靈覺，默默留神於風帆外的世界。艙內外的不同天地，既渾融又分離，在沒有選擇的特殊形勢下，他將分心二用的本領，推上從未有過的境界。

在似是豐足圓滿的心態裡，他首次對假冒范輕舟生出悔意，意識到不論他如何硬起心腸，仍會不自禁對身邊的人事生出憐憫和感情，便像正婉轉承歡的三個美女。這並非對與錯、善或惡的問題，只因各爲其主。罪魁禍首是高高在上策動戰爭和侵略的人。這個想法令他感到痛苦，可是現在已沒法走回頭路，只能堅持下去。

當年想出藉另一個身分混進大江聯去時，哪想過會陷身於左右爲難的處境，但他已永遠沒法回到過去，改變這個令他付出慘痛代價的決定。

風帆在茫茫黑夜裡不住朝洞庭湖深進，操舟的大漢似正處於緊張的狀態，人人噤口不言，專心操舟。

船體忽然顛簸起伏，遇上風浪，龍鷹的心神從動人的女體抽離，感到湖面漸漸狹窄，進入兩座對峙的島嶼之間，隨著山勢左彎右轉。

一炷香的工夫後，沙船離開了峽道，湖面本該轉爲平緩，情況卻恰好相反，沙船來到了充滿暗湧激流的湖區，不時有急浪前呼後擁的猛然撞上船身，濺起飛珠碎玉般的水花。

操舟的大漢更謹慎了，持著長竿，撐往高高低低，從水底冒出來的礁石去。

這究竟是洞庭湖的哪個角落呢？

陸地和樹木花草的氣味，隨風送入他的鼻子去。

龍鷹心中一震，終於明白爲何軍方直至今天，仍尋不到大江聯總壇所在的位置。

大江聯的總壇，並不是在湖內某一島嶼上，而是密藏在洞庭湖平疇萬頃、沃野千里的湖濱平原某一有礁石急灘作天然屏障，又有支河可達的秘處。

風帆在內陸河不住深進，兩邊是延展的原始森林，各種熟悉的氣味鑽入龍鷹的鼻孔去，令他似回到荒谷石屋的往昔。

在康康和惠子的伺候下，他不用動半個指頭的穿好衣服。晨光從窗隙和兩端竹簾透進來，三女重新在他對面坐好，三雙美目仍未盡褪一夜狂歡後的火熱，水汪汪的，臉頰尙隱見酡紅的動人顏色。

雖然未能看到船外的環境，他已嗅到梨花、山茶、薰衣草、晚香玉、茉莉花、玉蘭、桂花、香樟等各類香氣，大多是需經人工栽培的花木，從而推知進入了總壇的範圍。

誰想得到總壇竟是密藏山林裡的一片世外桃源般的勝地。

枇杷、蜜梨、楊梅、桃、杏、柑橘各式果實的香氣，隨風襲人，龍鷹在享盡男女間的歡娛後，湧起懶洋洋的感覺，再不願去想背負在身上的任何責任。

以他的能耐，於舟行整夜後，也不辨東西，無從掌握總壇的方向和位置。

花簡寧兒白他一眼，輕輕道：「快到哩！」

龍鷹伸個懶腰，斜眼睨著她道：「寧香主言行不符呵！」

花簡寧兒嗔道：「人家怎樣言行不符？」

龍鷹聳肩道：「一次比一次熱情，抓得小弟背上血痕密佈，不是言行不一是甚麼？」

康康和惠子「咭咭」嬌笑，春色盈目，花簡寧兒則俏臉生霞，嗔道：「還敢說，你是故意挑弄我，荒淫無道，船走多久，荒唐多久，根本不是做大事的人。」

龍鷹訝道：「我剛才做的，竟不是大事嗎？」

康康兩女聞言笑作一團，花簡寧兒差點給氣死，旋又忍不住抿嘴偷笑，登時滿艙春意。

龍鷹笑道：「寧香主不要再騙自己了，何時再來和下屬一起修練近身搏擊之術？」

花簡寧兒顯然對他戒心大減，白他一眼道：「最怕你來到這裡後，應接不暇，忘掉人家。」

龍鷹打蛇隨棍上，道：「只要寧香主的心是向著我，下屬怎會不理會你？」心叫抱歉，對她是用上了愛情手段，令她不會將心底對自己的疑惑，如實上報。

花簡寧兒欲言又止，風帆緩緩停下。

已變成中土另一個權力中心的大江聯總壇，就在眼前。

「百里入無徑，千嶂掩一湖。」

河道盡處是個不規則形狀、寬逾三里的湖泊，藏在莽莽林木中，湖灣曲折多變，十多條河溪從四面八方蜿蜒而來，注入這低窪處的湖泊。湖灣遍置木構碼頭，龍鷹走出船艙，首先看到的就是環佈湖周二十多艘小型戰船冒出林木之上的小截桅帆。

漫岸碧綠，融入水清浪白的湖內，映碧疊翠，朝輝從洞庭湖一方斜照林湖，秋風漾起粼粼碧波，嫵媚迷人。

遠方是環繞整個河湖區，高聳天際、如屏如障的石山群，山勢巍峨，怪石嶙峋，巉崖峭壁，可望而不可即，是天然的護牆，即使孫武復生，仍難從陸路攻陷此壇。

以千計的房舍，分佈在湖岸各處，以南北兩方的房舍最密集。河道入口處築有兩座石樓，高起達三丈，緊扼通往洞庭湖的出入之道。

從戰術的角度觀之，大江聯的總壇，只要糧食充足，物資無缺，在軍事上已是立於不敗之地。

一個身段優美的女子，俏立碼頭，左右各有三個武裝大漢，只看其氣度，便知是一流好手，襯得女子格外顯得嬌媚可人。

此女身穿花邊衣裳，右衽寬長，領邊和袖口有圓圈紋，胸襟繡有紫色的花紋圖案，最有特色是將上衣的一角拉到腰部用腰帶紮緊，與鑲邊的寬大黃色褌子形成色彩協調，花紋對稱，令她更是風姿綽約。

此女乍看該是二十四、五歲的年紀，可是龍鷹總感到她不是這般年輕，而是駐顏有術，怎麼看仍是芳華正茂的外貌。

她只是隨便站在那裡，不知爲何已完全吸引了龍鷹的心神，感覺她有種說不出來的風韻，不單耐看，且是愈看愈著迷。如此引人入勝的女人，確屬奇品。

從龍鷹出艙的一刻，她含情脈脈的眼睛，配合著略帶羞澀的盈盈微笑，似是一往情深的迎接著他的來臨。沒有絲毫賣弄風情，而是端莊嫺雅，卻肯定沒那個男人能抵禦得住她的魔力。

龍鷹差點忘掉追隨身後下船的三女，心中奇怪，她雖然天生麗質，身段修美勻稱，任何一方面「美女」的形容均可當之無愧，但亦沒理由在一瞥下已像乾布吸水般攝著自己的心神，究竟是因她儀態萬千？還是楚楚動人的體態？

她不僅美，還有種奇異的媚力。

剎那間他明白過來了。

此女不但是頂尖兒的高手，還是在媚術上宗師級的超卓人物，比起她，太平公主的師父三眞妙子確是差遠了。

花簡寧兒、康康和惠子齊向女子施禮，口呼湘夫人，向她請安問好。

湘夫人的目光沒有離開過龍鷹，笑意似從內心傾瀉出來，熾熱眞誠，且是情意綿綿。輕柔的回應三女道：「范爺交給妾身款接。辛苦寧兒哩！先回家好好休息。康康和惠子也返家去，做好家居的準備工夫。」

三女應命去了。

湘夫人來到龍鷹身邊，探出纖美的玉手，輕挽他臂膀，在他耳邊道：「輕舟隨妾身來。」她的語調親切自然，像早認識了他一輩子般，令人窩心舒服。嗓子更是性感誘人，有種不假修飾的野味，像預示了可在任何一刻，變成令人銷魂蝕骨的嬌吟。即使以龍鷹的定力，也差點忍不住往她擠過去，碰碰她胸脯也是好的。

馬車在岸邊恭候，一漢將車門拉開。

湘夫人閉上眼睛，道：「輕舟帶有一股奇異的氣味，很吸引妾身呢！」

龍鷹聳肩道：「怎麼香？怎及得上夫人的幽香，非是香料的作用，而是發自夫人動人的肉體，想想已教小弟遐想聯翩。哈！」

湘夫人含笑道：「輕舟不要騙妾身，你並沒有色授魂予，比其他人在定力上強勝多了。」

龍鷹湊到她耳邊道：「夫人高估小弟哩！只因剛才坐船時，忍不住在艙內胡天胡地，洩了慾火，現時是疲不能興，夫人明白哩！」

湘夫人將他在車門前拉停，喜孜孜的道：「輕舟的表現非常出色。你還是首個第一次見面便膽敢調戲妾身的人，令妾身終於看到些微的希望。」

龍鷹一呆道：「希望？」

湘夫人道：「妾身正是今次行動的負責人，你們的榮辱，也是妾身的榮辱。輕舟請登車。」

馬車開出，沿車馬道朝東走。

湘夫人隨口介紹道：「總壇的建築，可大分為一堡、兩壘、三城、六鎮和八閣。」

龍鷹看著窗外的景色，聽著她悅耳的聲音，以及句與句間溫柔如枕的呼吸，仿似在湖面漾出水紋的輕風，反應道：「竟然有堡有壘，眞沒想到。」

湘夫人道：「還有很多事是初來的人從沒想過的。三城就是南城、北城和河口城。河口城等於兵署，為重兵所在，以防禦為主。南城和北城是幫眾和家眷聚居地，成街成巷，一派江南水城特色，商鋪、青樓、食肆和各行各業的服務，應有盡有，與外面的城鎮分別不大，唯一的分別，是我們供應的，都是一流的貨色。」

龍鷹咋舌道：「我的老天爺，這麼大的地方，如何在食物上保持供應？」

湘夫人道：「這方面由六鎮之一的內事鎮負責，沃野配合大小河湖，加上洞庭湖無限的支援，我們不但可自給自足，還可以囤積糧食，以供不時之需。」

龍鷹道：「既有內事鎮，當然有外事鎮，又是負責甚麼呢？」

湘夫人道：「有些事不宜由妾身解答，不過有關妾身的事，妾身會知無不言，言無不盡。」

此女不論如何一本正經的說話，總有某種難以形容，蘊含在骨子裡的狐媚之態，令人心癢難熬，偏又感到她有著不可侵犯的高貴氣質，更怕冒犯她會帶來不測之禍。

龍鷹苦笑道：「夫人說笑了，我才不信夫人肯把出身來歷，毫不隱瞞的告訴小弟。」

湘夫人訝道：「輕舟因何有這個錯覺？」

看著她細長深邃的媚眼，龍鷹灑然道：「光是『湘夫人』三字，便是從洞庭湖神話人物裡隨意拈來借用的名字，擺明是隱瞞來歷的手段，對嗎？」

湘夫人嫣然笑道：「人人都有此疑惑，但只你一人敢直接質詢妾身，是否因你的膽子特別大呢？又或根本不知道這裡的諸多規矩戒條？」

龍鷹往她挨過去，到貼著她香肩，感覺著因接觸她而酥麻入心的奇異滋味，涎著臉道：「與膽大膽小沒啥關係，皆因那顆是色膽。嘻嘻！」

湘夫人湊到他耳邊，濕潤的香唇輕揩他的耳珠，吐氣如蘭若如夜寢私語的道：「答案是人家的名字剛巧叫湘君碧，沒人在旁時，輕舟喚妾身做君碧，妾身絕不介意。」

龍鷹立被逼在下風。

從與此女四目交投開始，兩人已展開秘而不宣的男女攻防戰，湘夫人仗的是超凡絕世的媚功妙術，他仗的卻是魔種，鬥的是看誰能俘虜對方的心。勝負雖沒有明顯的界線，但在某種特殊的形勢，卻能產生決定性的影響。

不知是否陷進被動，龍鷹立即感到她魅力遽增，端麗的花容即使在靜態裡亦登時生動活潑起來，驚人地吸引著他，撩人情欲，更感到世上最動人的事情，是和她一起鑽進香潔的被窩內去。

龍鷹暗吃一驚，苦忍著被她在耳邊呼氣的逗引力。道：「我的娘！何時可和夫人共赴巫山呢？只有在那個時候，下屬方敢喚夫人做君碧。」

湘夫人移開俏臉，招人愛憐的秀長美目一眨一眨的，美麗和媚術完美結合在一起的玉容散發著動人的光華，曲線玲瓏的胸脯輕柔地起伏，露出開玩笑般的神情，輕描淡寫的道：「在總壇，妾身從未曾和任何人上過榻子。」

龍鷹坐直身體。離開她香肩後，竟生出失落的感覺，不由暗罵自己沒用，偏又毫無辦法，此女實在太厲害了。

如果受不住她媚術的誘惑，失陷在她的情網裡，龍鷹不但沒法完成任務，魔功亦要大幅減退。苦笑道：「那只好待夫人日後到外面玩兒時，下屬再約會夫人。」

湘夫人「噗哧」嬌笑，白他一眼道：「妾身只是想告訴輕舟，妾身並不是隨便的人，並沒有拒絕你呵！爲何這麼快鳴金收兵？」

龍鷹頗有她要自己去東便去東，往西便往西的沮喪感覺，曉得在第一個回合的較量，已以他敗北告終。

他乃提得起放得下的人，初戰失利，未必代表以後每戰皆北。來日方長，哪怕沒扳回平手的機會。嘻皮笑臉道：「多謝夫人指點。不知夫人在大江聯身居何職？屬何壇數？」

湘夫人倒沒有食言，爽脆答道：「妾身直屬汗堡，位處八壇。」

龍鷹肅然起敬道：「差一級便是最高的九壇，夠高級哩！不知小弟是多少壇級呢？」

湘夫人掩嘴嬌笑，道：「你半壇都沒有，要待妾身將你鍛鍊成材，方上報小可汗，由他親授你的壇級。」

龍鷹尷尬的道：「夫人不可以說得婉轉些嗎？」

今次輪到湘夫人向他靠過來，擠著他肩膊道：「輕舟心裡最好有個準備，這三個月妾身是你的嚴師，會教曉你竊奪女兒家身心的技巧手段。時間無多，妾身不但說話坦白直接，還會賞罰分明。當然！你也要對妾身坦白。」

龍鷹咕噥道：「這也有得教嗎？」

馬車往右轉，盡處隱見一座堡壘式的建築物，有堅固的高牆，氣勢雄渾。

湘夫人漫不經意的問道：「輕舟曾習御女之術嗎？」

猝不及防下，龍鷹差點啞口無言。

第十五章　試金之石

馬車在護河前停下，等待吊橋下降。

龍鷹泛起個「不懷好意」的曖昧笑容，老實答道：「確有看過叫甚麼《玉房指要》、《素女經》、《玄女秘旨》那類書，不過看來只是騙人的東西。幸好下屬是天生異稟的人，託天之幸，在男女之事上，從未失過手。」

吊橋緩緩降下，發出「軋軋」絞盤轉動和鐵鍊的金屬摩擦聲。

湘夫人道：「既然如此，采薇因何離開你呢？」

龍鷹首次接觸到她狠辣無情的一面，那不止是公事公辦，又或她所說的坦白直接，而是不留餘地，逼你慌亂下露出破綻。暗呼厲害，道：「那你要問她才成，有答案後請轉告下屬，因我比任何人更想知道。」

吊橋落下，入城堡之路已暢通無阻，但御者因未得她指示，只好停車靜候，守堡門者亦不敢催促，由此可見湘夫人在這裡的地位。

湘夫人淡淡道：「輕舟說這幾句話的時候，並沒有注入足夠的感情，只像說著別人的事。」

龍鷹心中大懍，心忖她如此不住質詢試探，或許正代表小可汗對他的態度，就是仍抱有懷疑，自己一不小心，極可能沒命離開。光是她加上寬玉，就可收拾他有餘。並首次想到，此女和妲瑪，說不定有點關係。淡淡道：「當時還傷心得不夠嗎？俱往矣！」

湘夫人沒有表示相信或不相信，道：「輕舟長得眼正鼻直。所謂一身精神，具乎雙目。相家論神，有清濁之辨。而清濁易分，邪正難辨。欲辨邪正，先觀動靜。如若靜似含珠，動若木發，此爲澄清到底。如靜若螢光，動如流水，尖巧喜淫。靜若半睡，動若鹿駭，別才而深思。後兩者一爲敗器，一爲奸邪。輕舟想聽妾身對你的評價嗎？」

龍鷹差點開溜，湘夫人確非尋常女流，媚功外還博通風鑑相人之術，而那根本非是一般手段可破解的東西，超出了他能應變的範疇，只能一發覺不妥，立即遠遁。剎那之間，他升上「魔變」的極峰。

「魔變」的極峰，又與「魔極」不同，極極生變，反是不露任何形跡。龍鷹滿有興趣的道：「原來夫人精通相人之術，是否還懂摸骨，摸時需脫精光嗎？」

湘夫人像對他的回應很滿意的模樣，笑吟吟的道：「輕舟雙目光華內蘊，眼有眞光，彷如明珠，含而不露；動時如春木茁芽，威稜四射，至正至端。像輕舟般的一個人，怎會淪爲專靠黑吃黑的強徒惡棍？」

龍鷹嘻皮笑臉道：「終遇上個懂得欣賞我范輕舟的紅顏知己，我倒不覺得黑吃黑的勾當是傷天害理的事，反而是替天行道，執行惡人自有惡人磨的天理。他奶奶的，夫人或許未嘗淪落江湖，可是在江湖行走，不惡怎麼行？至於怎會是這樣子，怕要問老天爺才成，這就是命運了。一食一啄，均有前定。」

湘夫人掩嘴嬌笑道：「終於收到個好徒弟了，曲也可給你拗成直。」

馬車越過吊橋，進入堡門。

汗堡之下，分左右帥壘。

所謂「壘」，事實上爲有強大防禦力的城堡。右帥壘正是大統帥寬玉的治所，護河深廣，牆高城厚，城周約七里，開東、南、西、北四門，牆高四丈，寬一丈八尺，每邊設六座角樓，倚山而築，四門均置門樓，擁有強大的防禦力。如將汗堡和另一帥壘計算在內，只是三座成品字形分佈的堡城，即使能攻進湖區，想攻陷三堡仍是非常困難，動輒遭到反噬之險。

城堡內正對城門的街形成十字主大街，交叉口處是大統帥府，其他是軍署、房舍、倉庫、作坊等建築，河渠縱橫，遍植果樹，還有農田，一副能自給自足的模樣。

湘夫人沒有下車，由寬玉派來的人接龍鷹到大統帥府去，街上人來人往，還有婦女和小孩，顯然寬玉手下的家眷，亦居於帥壘內。

大統帥府造型獨特，簡單點來說，就是將龍鷹在神都宮內甘湯院的後院走馬樓，放大十倍，多加一層，木構改爲磨磚對縫的青磚牆，再於四角加設朝外和向上凸出、角樓式的小碉堡，外牆四周則沒有開窗，可得出個大概的情況。

帥府活似長方形的龐然巨獸，硬山式屋頂，俯伏在帥壘的核心，牆高壁厚，氣象肅森，外形冷峻，固若金湯，自然而然便生出威懾全壘的凝聚力，令龍鷹歎爲觀止。

龍鷹經過以巨石製成的門框，從特別加厚的門樓進入帥府，亦不由生出被吞噬的驚怵感覺。

攻進去固然困難，逃出來也不容易。

走馬樓團團圍起的巨大空間裡，是一層高的主堂，久違了的寬玉，神采飛揚的在主堂門外迎接他。

龍鷹卻仍有點心不在焉，腦海裡斷斷續續浮現湘夫人的一顰一笑，心中明白是著了湘夫人媚術的道兒，以致心不由主的去想她。暗忖如果異日和別的美女交歡時，心中仍在想，豈非糟糕透頂。如果現時歡好的對象是湘夫人，那便更理想了。

寬玉的笑聲震盪耳鼓，道：「輕舟果然是信人，本帥沒有看錯你。」

龍鷹收攝心神，硬將湘夫人排出思域外，接著寬玉遞來的雙手，四手緊握，同時以魔氣在體內模擬出先天眞氣盈經滿脈的情況，以免他像法明般，因察覺不到他的內氣而給嚇了一跳，那時更不知如何向他解釋。

應道：「寬公你好。」

寬玉放開他雙手，道：「來！我先讓輕舟見一個人。」領著他進入主堂的玄關。

龍鷹心中打個突兀，問道：「見誰呢？」

重鐵門在後方關閉。

寬玉做出繼續前行的手勢，著他從第二重門進入主堂，微笑道：「他就在大堂內，輕舟一看便知是誰。」

龍鷹滿腹狐疑的隨他進入廣闊有若觀風殿三分之二大小的巨大空間，離他逾百步盡端處立著五個人，中間的人神情委頓，臉有血污，身旁的兩個大漢左右挾持著他。

從玄關的暗黑，驟然來到兩面開窗，大放光明的主堂，從暗到明，任誰都會受影響看不眞切，但當然難不倒因魔種而得天獨厚的龍鷹，一眼看出是由人假扮的韓三，有七、八分相像，加上像被大刑伺候過的樣子，確可以假亂眞，若范輕舟死而復生，入目的情景，肯定可令他誤以爲同鄉的小三子，被人抓到這裡來，逼問出一切有關自己的事。

此著厲害至令人親眼目睹也不敢相信，大有做夢的不眞實感覺。

龍鷹之所以能混入大江聯，關鍵繫乎韓三。金沙幫的格方倫向韓三許以重酬，要韓三穿針引線，爲他和范輕舟安排一個見面密談的機會。所以龍鷹是龍是蛇，只有韓三一人清楚。可是在龍鷹透過軍方的巧妙安排，令金沙幫誤以爲韓三已給貪婪的官兵謀財害命，人間蒸發，因而大江聯在調查龍鷹底細時，苦無對證，遂想出這最後也是最辣的一著，使人假扮韓三，看可否唬得龍鷹露出狐狸尾巴。如果他眞是范輕舟，反應會是勃然震怒；但若是假扮的，除了立即動手外，再沒有另一個選擇。

豈知龍鷹具有看一眼後，化了灰仍可認出對方的本領，怎會中計？

龍鷹不驚反喜，自己的假扮范輕舟，早從花簡寧兒處得悉不無破綻，例如前後不符，可是經眼前的假小三子證實後，將會眞正取得寬玉的信任，過了最難的一關。

龍鷹裝作渾體一顫，嚷道：「小三子！」接著雙目精光濾盛，望向寬玉，震怒道：「這是甚麼意思？竟將我的同鄉抓起來，還對他下重手。」

寬玉保持笑容，向手下打出手勢。

兩人押著假韓三朝他們走過來。

龍鷹一怔道：「這個並不是韓三。」

寬玉拍掌道：「全退下去。」

寬玉於走馬樓東北邊的一個下層廳，擺開筵席，爲龍鷹洗塵。兩人對酌，卻有四個年輕美女悉心伺候，四女都是來自突厥和中土外的佳麗，且各屬不同種族，素質之高，比得上秀清和麗麗，看得龍鷹賞心悅目，又暗中心痛。

寬玉連勸三杯後，道：「這是來自大食的極品葡萄酒，色美味醇，入口芳香，但酒精的成分不高，多喝幾杯，只會促進血液流通，可收強身健體之效。」

見龍鷹仍是繃緊面孔，道：「輕舟勿要怪責本帥，這是小可汗的主意，由他親自設計。本來輕舟是由我一手負責，但因即將有重任須委託輕舟，不得不將有關你的詳盡報告，送上去讓小可汗作決定。他研究了三天後，召了本帥去見他，說出他的疑惑。」

龍鷹理直氣壯的道：「有甚麼好懷疑的？」

寬玉從容道：「問題出在輕舟的『深藏不露』，我曾和輕舟交過手，請恕本帥直言無忌，輕舟的武技，已臻大家之境，環顧我們大江聯，雖人才濟濟，高手如雲，但有資格和你決勝負者，包括本帥在內，豎起五指可以數精光。以前的范輕舟，雖在雲貴高原有點名堂，但只勉強算是個人物，絕非現在般的級數，本帥雖然接受了輕舟的解釋，但小可汗卻很懷疑現在的你，會否是另外一個人，遂堅持要對你做最後的試探。」

龍鷹點頭道：「原來如此。爲何不找眞正的韓三來，卻要使人冒充？」

寬玉淡淡道：「眞正的韓三，恐怕已被人謀財害命。」

龍鷹失聲道：「甚麼？」

寬玉用他的角度解釋後，道：「小可汗一句話，立即令我們勞師動眾，花了不知多少人力物力，先要找到見過韓三的人，畫成畫像，又要找面形、身形相似者，再由高明的易容師處理，更怕被你一眼看穿，不得不令他像受過重刑的模樣，披頭散髮的出來見你。」

龍鷹沉重的道：「小三子死了，唉！人爲財死，他跟我出來闖蕩江湖，是希望因我提攜而飛黃騰達，想不到竟以橫死收場。」

又道：「我會設法透過成都軍方，查個清楚明白。」

寬玉道：「萬萬不可，你道我們沒辦法去查嗎？但卻有可能洩露你曾和格方倫秘密會面的事。人死不能復生，算了吧！」

龍鷹心忖這叫「貓哭耗子假慈悲」，官方不動手，寬玉也會派人殺韓三滅口。

同時想到湘夫人在自己下車前，連串逼人的問題，是要教他在應接不暇，心神散亂下去面對假韓三的測試。整個試探的設計，連他這個被測試者亦要拍案叫絕，這個小可汗心思之縝密，智慧之高，均令人有高不可仰的可怕感覺。

只不知他的武功如何呢？只要和寬玉差不了多少，已屬頂尖級的高手。

依寬玉說的話，與他同級數的高手，不多於五人，寬玉是其中之一，湘夫人肯定是另一個，如果小可汗亦入圍，還有兩個會是誰呢？

寬玉道：「輕舟在想甚麼？」

龍鷹吁出一口氣，道：「不再想了。嘿！爲何這裡的人都以漢語交談，而不是我們的突厥話？」

寬玉道：「我們到這裡來，是要融入中土的社會去。我們大江聯的組織正是個具體而微的小朝廷，機會來臨，可全面代替大周朝。」

又訝道：「輕舟爲何不問我們有甚麼重要的任務，要派給你呢？」

龍鷹苦笑道：「昨夜荒唐了一晚，未睡醒便遇上湘夫人，與她交手比上次和寬公對陣更辛苦，給她迷得暈頭轉向，不辨西東時，又給假小三子駭了一跳，接著聞得他的死訊，哪來空閒去想其他事？」

寬玉冷哼道：「這騷妮子是小可汗的心腹親信，很不簡單，極得小可汗的信任，最愛做的事是要令男人以爲她已愛上了他。我們男人都是賤骨頭，總以爲女人會對自己另眼相看，不知就是這樣正中她的奸計。告訴你，她是永遠不會爲任何男人動心的。」

龍鷹道：「寬公和她的關係很惡劣嗎？」

寬玉道：「不知多麼融洽，只差在沒有打情罵俏。我當輕舟是我的人，方會和你說幾句心事話。在這裡，千萬不要輕信任何人，不會有好結果的。」

龍鷹訝道：「大家不是團結一致的嗎？」

寬玉語重心長的道：「多於一個人，便成社會，權位分高低，自然會有鬥爭和政治。輕舟江湖閱歷豐，手上生意愈做愈大，當知不招人忌是庸才的道理。」

龍鷹點頭表示明白。

寬玉忽然問道：「你想得到湘夫人嗎？」

龍鷹反問道：「她是否小可汗的禁臠？」

寬玉道：「她不屬於任何人，我和小可汗亦要讓她三分，其他人更不用說。」

龍鷹頹然道：「想有甚麼用呢？」

寬玉道：「這三個月你會和她有頻密的接觸，這可是聯內很多男人夢寐以求的事，但千萬勿要被她看穿你，會有你好受的。哈哈！」

龍鷹不解道：「寬公因何又問我是否想得到她呢？」

寬玉微笑道：「她雖然目空一切，看不起男人，但卻有個缺點，現在我不可以說出來，時機成熟時，自然會告訴你。」

龍鷹糊塗起來，道：「派給我的，究竟是怎樣子的任務？」

寬玉輕鬆的道：「湘夫人自然會告訴你任務的詳情，並出盡渾身解數令你成功。剛才來伺候的四個美女，有沒有可看入眼的？又或我將她們全送到你的行宮去，讓你可享盡她們的溫柔滋味。」

龍鷹暗吃一驚，道：「有康康和惠子已足夠哩！待我回復點時，再去想其他女人。」

寬玉同意道：「有節制是好的，太濫反失去樂趣。我使人送你回府休息，睡個午覺。待會送你回府的兩個小夥子，都是精通吃喝玩樂、懂花天酒地的人，以後就由他們陪你出入，不虞寂寞。」

龍鷹喜道：「在這裡也可以夜夜笙歌、花天酒地嗎？」

寬玉欣然道：「外面有的東西，這裡應有盡有，素質只高不低；至於外面沒有的東西，這裡也有。哈！很快輕舟會明白。」

龍鷹伸個懶腰，道：「的確有點累哩！如果我想找花簡寧兒，到哪裡去找她呢？」

寬玉道：「陪你的兩人，一個叫羌赤，另一個叫復眞，都是我的得力手下，想辦何事，吩咐一句便成。」

長身而起道：「讓本帥送你出帥府，他們正在門外恭候。」

第十六章　危機四伏

回到「家」，龍鷹才「知驚」。

依他的估計，從在湘陰與花簡寧兒碰頭後，他便陷身由小可汗一手設計的試探裡，每個安排，背後均有精密的計算，直至「假韓三」的出現。事後所有細節描述，會送往小可汗，再經他做出對龍鷹的終極判斷。

寬玉雖已當他爲「自己人」，可是他比寬玉更清楚，一個更大且無從化解的危機，可在任何一刻降臨他身上，那亦是大難臨頭。

小可汗是旁觀者清，看到他不但前後作風、武技均與之前的范輕舟判若兩人，今次又這麼「乖乖的」應召到總壇來，故猜是韓三從中弄鬼，交出來的是假冒的范輕舟。與小可汗換轉位置，假如認爲范輕舟是冒充的，那誰有資格能與寬玉較量，仍能力保不失呢？

答案已呼之欲出。

正如寬玉說過的，豎起五指可數個精光。

他更清楚不須用盡五根手指，三根便夠了。

見過風過庭和萬仞雨者大有人在，只有龍鷹出道時日尚短，這幾年來大部分時間都不在中土，即使在神都亦是「神出鬼沒」，被最多人見到的一次是斬殺孫萬榮後凱旋回朝，伴武曌遊街。不過在那樣的情況下，兩旁旗幟飄揚，左右各有兩排飛騎御衛，他又戴著代表主帥的頭盔，沒人可看得真切。

凝豔和她的從人當然清楚龍鷹的樣子，但小可汗總不能因心中的疑惑，請默啜派人萬水千山的來「認人」，且一來一回，至少半年時間，遠水難救近火。

以前派往神都宮廷臥底的，已被武曌連根拔起，其他人則全面撤出神都，他們之中恐怕除宋言志外，沒幾個人曾在近處見過他。

但總有人曾在遠處瞥過他一眼半眼，這樣一個人，能將被鬍鬚掩去半邊臉的他認出來嗎？機會該是五五之數。如果不是有此結論，他早開溜了。

一堡、兩壘、三城、六鎮、八閣，其中的「八閣」，只是個文雅的稱謂，較貼切的形容是八座「山寨」。

在大江聯總壇，任何建築，其背後都有著軍事上的考慮。

像龍鷹「家」之所在的飛霞閣，築牆掘壕，憑山險設寨，佔有水源之利，內置四座各自獨立的四合院落，專供五至六壇級的人物居停。

八閣又分上四閣和下四閣，前者每閣只設一組樓閣，只有七壇級或以上的人物方有資格入住。

龍鷹這個被湘夫人指爲連半壇級都沒有的人，本沒資格入住下四閣，全賴寬玉爲他申請，由內事鎖一個專管上、下八閣的「閣令」批核，龍鷹方可享有舒適的家居。

大江聯階級觀念嚴格，尊卑上下清楚分明，五壇級人員的宅第已非常考究。下四閣的四合院，由門房、正房、後房和東、西廂房組成，以影壁、臺階、青磚小路、月亮門、圍牆等連成整體，遍植花草樹木，空間序落明顯，古樸雅靜。門窗均是單扇內開，木櫺貼紙，輕巧自然。

澡房和灶房等設施沿後院牆建設，澡房置浴池，康康和惠子是塞外女郎的性格，見龍鷹回來，立即將他架到寬敞的澡房，悉心伺浴，溫熱的水，照頭倒下來。

今次龍鷹到總壇來，沒帶任何顯示他身分的武器巧器，也不帶「范輕舟」的蛇首刀，藉口是不讓人從兵器認出他就是范輕舟。

浴罷，龍鷹登榻午睡，直睡至日落西山，才因羌赤和復眞兩大玩伴來找他，精滿神足的起來，到前廳與兩人見面。

湘夫人媚術對他的影響，已消失得沒留下一絲痕跡，可見魔種有天然對抗這類奇功異術的能力。

三人分賓主坐下，兩女奉上香茗後，知機的退出廳外。

羌赤身材修長壯實，打扮得很體面，儀容不俗，擁有突厥人粗豪的輪廓，硬朗善談，態度親切。復眞比羌赤矮上兩寸，雙目機靈，風趣多智，體型瘦削，長著一副令他看似永遠不會長大的孩兒臉，很討人歡喜。兩人都是像他般年紀的小伙子。不知是否受到寬玉指示，說起話來百無禁忌，令龍鷹從他們處得到很多有用的資料。

復眞大力慫恿道：「今晚無論如何，范爺也要隨我們到城中打個轉，包保范爺事後會感到不虛此行。」

羌赤亦道：「至少可到館子吃一頓，由我們兩個請客。」

復眞道：「只吃一頓怎能盡興？聽說風月樓最近來了一批新貨色，素質之佳，是這幾年罕見的，怎可錯過？」

龍鷹差點立即拒絕，幸好記起自己是甚麼「貨色」，忙道：「當然不可錯過，只是小弟昨夜已辛苦了一晚，明天一早又要去見湘夫人，今晚還是檢點些兒好。」

羌赤聽他說得婉轉，爲之莞爾，復眞卻笑破了肚皮，喘著氣道：「范爺是能者多勞，不過到青樓去不一定要做苦工，摟摟抱抱，亦是樂事。哈！若世上沒有娘兒，做男人還有何意義呢？」

又壓低聲音道：「對湘夫人你不用認眞，她也不會對你認眞，不害你已算走運。」

羌赤向復眞打個眼色，道：「路上再說。」

龍鷹本立定主意今晚不隨他們去胡混，但更清楚有兩女在旁監視，兩人絕不會透露大江聯的諸多秘聞，只好道：「好！我們立即起程。」

貫通洞庭湖和湖區平野的主河從東而來，形成整個大盆地核心的大湖，南、北兩城坐落大湖南北岸。汗堡藏於湖盆地西面盡處的密林裡，兩壘如兩翼般分列左右，成品字形。六鎮則一半位於汗堡內，另三座設於北城，均爲碉堡式的建築物。至於八閣，則處於南、北的山區內，視野開闊，景觀極美。

羌赤和復眞是三、四壇級的人物，沒有「入閣」的資格，但因屬寬玉的直轄，現居於右帥壘內。

羌赤兩人是騎馬來的，但在龍鷹提議下，他們把馬兒留下，三人漫步走下斜道，朝南城走去。

湖區內所有建築組群，不論大小，均有寬敞的車馬道連接，令人很難想像，花多少人力物力，需時多久，方能建設出這儼如劃地稱王的秘密王國。

他們邊走邊談。

龍鷹順口問道：「南城有多少居民？」

羌赤有感而發的道：「自放寬『入壇令』後，最近三年興旺多了，人口從五百戶擴展至二千戶，加上北城的千五戶，住在兩城內者超過四萬人。」

龍鷹道：「何謂『入壇令』？」

羌赤道：「那是初時保密的手段，只限本族的人到總壇來。放寬後，除漢人的幫眾外，其他有關係的人，只要得三壇級以上的人推薦，便可到總壇來。」

龍鷹心忖這是因應情勢的必然變化，想在中土發展，主力仍是被突厥化了的漢人，他們才可天衣無縫地融入漢人的社會去。

經過一道橋樑後，復貞碰碰龍鷹肩頭，道：「聽寬公說，范爺將花簡寧兒那騷貨弄了上手。」

羌赤笑罵道：「不要給他套出話來，寬公哪有這麼說的？只是說范爺想找寧香主吧！」

龍鷹收回仰觀壯麗星空的目光，心想男人談起女人便興高采烈，笑道：「套出眞話沒關係，我不弄她上手，別人也會搭上她，那不如便宜小弟了。哈！」

復眞遇上知心友，心癢癢的道：「對！對極了。」

羌赤道：「玩玩無妨。花簡寧兒美則美矣，卻是小可汗的人，范爺須防她一手。」

他的話，再次撩起龍鷹對小可汗和寬玉關係的好奇心，在另一道橋上止步，道：「小可汗和寬公是對立的嗎？」

復眞挨在對面的橋欄處，道：「這是天性相剋的問題。哈！」

羌赤立在龍鷹旁，皺眉道：「有甚麼好笑的？」

復眞得意洋洋的道：「我在讚自己形容得精采。」轉向龍鷹解釋道：「我現在說的，是這裡人所共知的事，小可汗並非大汗的親兒，而是義子，且小可汗只是半個狼族。大汗雖然看重他，信任他，亦知只有他方有才略爲我族執行征服中土的大計，可是人心難測，不得不派寬公來監督他，這不是天性相剋是甚麼？」

羌赤道：「花簡寧兒原是外事鎭的香主，屬於寬公的派系，可是這騷貨竟被小可汗在床上馴服了，變成小可汗的人。在招攬范爺的事上，她一直持反對的態度，到今天仍不住奉小可汗之命來找范爺的碴子，令寬公很不高興。」

復眞道：「范爺的問題出在太過有本事，在箭術上更很似我們另一個敵人，所以安排范爺回壇的事，被小可汗接收過去，寬公也無可奈何。」

龍鷹心叫僥倖，暗罵自己幼稚。

當年花簡寧兒正是代表小可汗去遊說格方倫，只是後者傾向寬玉，故不爲所動。一計不成又生一計，轉去策動姦夫池上樓來害他，虧自己還以爲她是對亡夫有點情義。自己更是思慮不周，沒想過小可汗從箭術上懷疑范輕舟和龍鷹是同一個人，花簡寧兒忽然去見劉南光扮的范輕舟，還要登堂入室，正是要驗明正身，豈知竟給自己誤打誤撞碰個正著，還失身於自己，亂了方寸。

回想起來，一些從花簡寧兒口中說出來的話，例如寬玉因何較容易接受他，確不似出自花簡寧兒的腦袋，而是小可汗曾向花簡寧兒說過的話，她只是不自覺的轉述。她論及范輕舟前後判若兩人時，搬出寬玉對人性的分析，該是寬玉欲說服小可汗的論據，而非寬玉直接向她說，因級數差太遠了。

花簡寧兒更曾說過，他對因何肯應召回壇的解釋，寬玉該肯接受，言下之意，是仍未足以令小可汗買帳。

唉！他最害怕發生的事，大有機會在一、兩天內發生，情況之惡劣，以他的樂觀，亦不敢去想像。

該否立即開溜？至少他可掌握總壇的確切位置。雖然知道等於不知道，要封鎖洞庭湖已是癡人說夢，更遑論攻打這個固若金湯，有天險可恃的地方。

便如突厥人曉得，要征服中土，只有透過滲透和顛覆的招數，現在他要收拾大江聯，亦只有從內部破壞搗亂的策略。

此刻離開，與徹底失敗沒有太大的分別。

這些念頭，閃電般掠過他腦際，問道：「究竟似我們哪一個敵人呢？」

復眞道：「還不是那天殺的龍鷹，忽然間鑽了這麼一個人出來，鬧得高奇湛灰頭土臉，處處失利，再不敢像以前般盛氣凌人。」

龍鷹訝道：「誰是高奇湛？」

羌赤道：「高奇湛是二統帥，權位僅次於寬公，由小可汗一手提拔，以制衡寬公，專責操練兵員和進行突擊任務。」

復眞道：「范爺須小心家中那兩個漂亮丫頭，她們是由湘夫人一手訓練出來的。寬公本要親自挑選伺候你的人，卻被小可汗一口拒絕。」

龍鷹道：「這個我明白。復眞兄剛才說過，湘夫人不害我已算我走運，究竟是甚麼意思呢？」

復眞道：「是羌赤說的。我是三壇，他比我高一壇，知道的事比我多。」

羌赤爲人較謹愼，道：「今晚說的話，范爺聽過便算，最好當做從未聽過。」

龍鷹拍胸保證道：「我們這些吃江湖飯長大的，當然曉得輕重。」

羌赤道：「眞正的情況，我並不清楚，只知有項天大重要的任務，需找人去執行。人選有三個，范爺是其中之一，主持此次行動者，正是湘夫人，她等閒不會出手，要勞煩她的事，肯定非同小可。」

龍鷹抓頭道：「既然有其他人，我索性將任務讓出來算了。」

羌赤道：「怎會是這般簡單？其他兩個入選者來自其他派系和堂口，誰能完成任務，其代表的派系登時勢力遽增，至於因何如此，寬公沒說清楚。所以寬公今次是對范爺寄以厚望，不過他也說過，三個人中，成功機會最少的正是范爺。又說可能尚未出師，已給湘夫人故意弄垮，因爲小可汗最不希望見到的，是寬公的勢力因此事坐大。」

龍鷹暗自捧頭叫痛，簡簡單單一件事，來到明爭暗鬥的總壇，變得無比複雜。

依此看，今次收到飛馬帖受邀的俊彥裡，除自己外，還有兩個是大江聯一手栽培出來，成功融入中土武林的超卓人物。此兩人該在他之前到總壇來，接受湘夫人的訓練。湘夫人對他們當然盡心盡力的培育，對自己則第一天便施展媚術，壞他的功法。

想到這裡，不由心中有氣，很想反過來作弄她。旋又想起危機仍在前路候駕，禁不住頹然歎息。

復眞道：「今晚再不要想令人煩惱的事，漢人不是有句話，說甚麼『今天有酒今天醉』嗎？時間差不多了，風月樓剛好開門，它欠了我們怎行？」

三人談談笑笑，繼續入城之行。

第十七章　南城風情

南城依河而建，主要的十字河道形成全城的骨架，其他大小河流，交匯於這兩條主河。河網縱橫，一派江南鄉鎮的風采。

沿十字河夾河而築的十字大街，是南城最繁榮的商業區，入黑後即使店鋪關門，茶館、食肆、押店、青樓和賭館等仍繼續營業，成了南城的不夜天。

全城大橋、小橋七十二座，最著名的莫過於位於十字相交處的「四子橋」，四座拱橋兩橫兩豎，石階相連，形成四橋連鎖的格局。立在橋上，河岸瓦房高低錯落，河邊垂柳飄揚，石橋粗獷古樸，任何人驟然置身於此，會以爲是江南某一著名水鄉，怎都想不到是大江聯秘巢內的一景。

南城另一大特色，是十字主街的商鋪店門前搭有廊架，一端靠著鋪面樓底，一端伸出街沿，撐以木柱，實鋪屋瓦，成爲店鋪門面的延伸。當沿街所有店鋪均如此設置棚架，形成沿河延綿不絕的長廊，廊柱一根根節比排列，行人可停可行，不用受日曬雨淋之苦。

離開商業區，是寧靜的宅院，家家戶戶傍水而居，以河爲骨架，依水成街，河內通舟，河沿走人，石橋河埠，巷里幽深，屋瓦連綿，寧靜宜人。

尚未抵達南城的北入口，隔遠看到大湖帆影幢幢，不住有船從洞庭湖的方向駛來，又有船往洞庭湖駛去。繞湖的車馬道人車往來，不知是剛抵埠者入城去，還是兩城之間的交通往來，興盛繁榮一如神都的洛河區。

龍鷹歎道：「這是沒有可能的，這些人從哪裡來的，全屬我大江聯的人嗎？」

羌赤道：「你當它們是大江旁的兩座隔河相對的城市便成，正常的做生意，正常的納稅，沒有人可用官職爲自己謀取更大的利潤。城有城令，城令下有城衛所，專責治安，一切井井有條，全依規矩辦事。誰本事誰賺錢，賺來的可放於囊內去。」

復眞抬頭看天色，道：「勢有一場驟雨，我們走快點。」

龍鷹早習慣了湖區忽來忽去的風雨，聞言緊隨兩人身後，於城門辦好首次進城的手續，走不了幾步，大雨嘩啦啦的灑下來。

城內行人立時雞飛狗走，紛紛避入沿街長廊，擠得商舖店門外水洩不通，混亂之際，繽紛色彩映目而來，原來十多個年輕姑娘就在他們避雨處對面的河段，從一艘沒有上蓋的船跳上岸來，你推我撞的爭著橫過大街，朝他們奔過來。

她們打扮得花枝招展，都是十五、六歲的年紀，身穿彩色寬袖連衣裙，外套各式各樣的對襟背心、頭裹絲綢巾，或戴花帽子、墜耳環、掛項鏈、穿手鐲，而不論如何裝扮，都沒有絲毫俗氣，有的是無盡火辣辣的青春氣息，像連群結隊的美麗彩雀，色彩斑斕，絢麗奪目。

廊內早擠作一團的人，不論男女，均齊聲起鬨。三人本站在外緣處，見她們大軍殺至，忙往後移，好騰出讓她們避雨的空間。

背後嬌呼傳來，龍鷹和復眞同時貼入站在後面兩女的懷裡去。

龍鷹沒機會去看與自己親密接觸的女子是老是嫩，美或醜，只知對方身體柔軟豐滿，不但沒有罵他，還嬌笑著設法移後，纖手搭上他肩頭，充分的合作。那種與陌生女子的公然親密接觸，動人至極。

水花四濺下，少女群殺至，絲毫不理男女之嫌的朝三人直撞過來，嘻哈笑罵，雖給淋得狼狽，但亦令她們大感好玩過癮。

龍鷹和復眞擠著後方的女子，一退再退，其中一個特別高眺健美的彩服少女，不知有意還是無意，挾著香風嬌笑著直投入龍鷹懷裡去，兩手按到他胸膛處，令龍鷹幾乎全面感覺到她身體的曲線。

少女就那麼在他懷裡轉身，接著另一個衝進廊道內的同夥。

三人如處眾香之國，耳際全被她們的大呼小叫、喘息笑聲塡滿，加上大雨灑在廊頂瓦面的聲音，眞不知人間何世。

頭上鋪的是小青瓦，一壠弧形向上承雨水成瓦溝，一壠弧形向下排雨水成瓦脊，相互扣攏成瓦壠，雨水落在上面，從檐頭瀉下來，造成一幅流動的水簾幕，將廊外和廊內分隔成兩個不同的天地。

在前後動人女體的夾持下，龍鷹徹底忘掉到這裡來是幹甚麼，將本橫亙胸臆的危機感撇得一乾二淨，充盈生活的感覺。

自投進神都波譎雲詭的政治後，他一直追求的，正是這種無憂無慮，細節間充滿驚喜的生活。對他來說，沒有生活是平凡的，只瞧你如何看待生活上的一切，亦只有在正常的生活氣息裡，他才可得到自由。

復眞勉強逼近，湊在他耳邊道：「看她們的髮辮，結多少條辮，是多少歲，你前面這個，只有十七歲。」

龍鷹道：「羌赤兄呢？」

復眞道：「不知給擠到哪裡去。摸幾把她們絕不介意，還會心中歡喜。」

龍鷹前面的少女，像一點不曉得自己的香背、香臀正緊貼著龍鷹。只顧嘻嘻哈哈的和其他與她擠作一團的同夥說話，不知多麼興高采烈，雀躍開懷。

復眞向他使個眼色，著他留意自己的手，龍鷹瞧著他將手繞過前面少女的小蠻腰，在少女小腹摸了一把，又迅速收回作怪的手。

那被輕薄的少女，若無其事的別過頭來，先看龍鷹一眼，接著向復眞扮個可愛的鬼臉，竟眞的沒有大發嬌嗔，只是湊到挨著龍鷹的姑娘耳旁密語，說的顯然與龍鷹有關，惹得那姑娘亦回頭來盯龍鷹幾眼，秋波飄送，轉回去前還抿嘴甜笑。

看得龍鷹色心大動，心癢起來，但願這場大雨永遠不會停下來。

這種在中土城市享受異國情調的滋味，格外迷人。她們將塞外男女開放的風氣，帶到這美麗的秘城來。

復眞又湊過來道：「到你老哥哩！哎喲！」

在後面緊靠龍鷹的女子收回扭了復眞臂膀一記的玉手，笑罵道：「勿要教壞你的朋友。」

復眞像此刻始發覺她的存在般，嚷道：「小色鬼怎教得壞大色鬼呢？我只是盡地主之誼，教他不要錯過地道的好東西。」

又一臉羨慕的向龍鷹道：「范爺比我更有美女緣，用酥胸緊貼著你的是我們著名酒館賣醉軒的老闆娘苗大姐，以勾魂眼、水蛇腰名震南城，大半人到賣醉樓買醉，都是醉翁之意不在酒。」

苗大姐縱被調笑，仍沒有絲毫挪開少許的意圖，以低沉帶磁性的聲音哂道：「你看錯你的朋友了，沒有絲毫像你般急色，故意擠碰後面的小圓。」

復眞「呵」的一聲往後瞧去，神魂顛倒的道：「原來無意中竟佔了小圓的便宜。」

給他後背靠著的美少女啐罵道：「死復眞，遲些再和你算帳。」

苗大姐拍拍龍鷹肩頭，道：「你是新來的嗎？是何壇級？在寬公手下辦事嗎？」

龍鷹苦笑道：「小弟連半壇都算不上，可勉強算是寬公的人吧！」

苗大姐笑道：「你這個人很有趣，不過看復眞對你的恭敬，卻似是五壇以上的人物，眞古怪。」

不知是否她有了名字身分，龍鷹給她貼背而立的誘惑力忽以倍數加強，偏又給擠至動彈不得，且亦不願任何改變。道：「雨停哩！」

驟雨忽來忽去，廊外只餘稀疏的雨點。

聚集街廊下的人群開始散去，前面的女郎隨其他少女繼續嘻哈上路，他也不得不離開苗大姐的香懷。

龍鷹轉過身去，與苗大姐打個照面，果如復眞形容的，眼前女子二十五歲許的年紀，長得異常美麗，一雙剪水秋瞳，顧盼生妍，充滿迷人情韻，體態撩人，以任何標準來說都是一流美女，但最令龍鷹遐想的是她直接大膽的目光。

龍鷹露出雪白的牙齒，含笑道：「眞不好意思，無意中佔了苗大姐的便宜。」

苗大姐「噗哧」笑道：「不用客氣，有空時來光顧奴家的酒館。」說畢與小圓笑著去了。

復眞來到他旁，一起以色迷迷的眼光目送她們遠去的美麗背影。

復眞歎道：「不要看她一副風流樣兒，卻絕不隨便，范爺肯定是豔福齊天的人，初來甫到便得此飛來豔遇。」

羌赤終於出現，道：「我給擠到天腳底去，差點斷氣。」

復眞道：「老赤少有心情這麼好的，懂得開玩笑，男人在這裡眞幸福，女多男少，橫碰豎碰，都是香噴噴的胴體。哈！」

羌赤領路前行，道：「我們這年輕的一代，不是被徵召入伍，便是派往外地公幹，剩下的便是這些春心搖蕩的嬌嬌女。」

龍鷹順口問道：「你們都是在這裡出生的嗎？」

羌赤答道：「正是如此，上一代的人已走得差不多了，像我的父母，懷念塞外的生活，六年前回到大草原去，我有兩個妹子，已嫁了人。」

龍鷹心忖這就是落地生根，此時他要將大江聯連根拔起的念頭早已不翼而飛，雖仍想不出妥善的解決辦法，但思考的方向改變了。道：「放著這麼多漂亮妞兒，還到青樓去幹嘛？」

復眞歎道：「范爺你有所不知，這裡最流行被奉爲天條的一句話，叫『登榻容易下榻難』，摟摟抱抱、親嘴摸手沒有問題，可是一旦有了肉體關係，只要女方提出婚嫁，男方不可拒絕，此爲幫規，明白嗎？」

龍鷹道：「在塞外也是如此嗎？」

復眞道：「當然不是，男女發生關係再平常不過。但像苗大姐般卻沒有這種顧忌，她的亡夫是七壇級的人物，所以誰都要給她幾分面子。」

龍鷹點頭表示明白，溜目四顧，「咦」的一聲道：「我的娘！竟然有旅館，誰會入住？噢！」

四、五個招搖過市，穿著漢服的少女迎面而來，其中一個撞了龍鷹一下，還向他拋個媚眼兒。

復眞大樂道：「范爺在這裡是大受歡迎，該因你不但長得高大，最厲害的是留著充滿男子氣概的濃密鬍鬚，一雙眼睛更具勾引女人的魔力。不過請記著，『登榻容易下榻難』呵！」

羌赤哂道：「范爺在脂粉叢中打滾了十多年，哪用你這嫩得未長牙的毛頭小子來教他？比起你來，范爺不知多麼有自制力，故贏得苗大姐的讚賞。」

歌聲從前方遠處傳來，似是一男和一女在對唱，男的雄亮，女的清越，儘管街道熱鬧喧嘩，車輪聲和騾子、馬兒的蹄踏聲充斥車馬道，仍掩蓋不了為鬧市增添奇異情調的歌聲。

龍鷹訝道：「旅館外難道還有賣藝者？」

羌赤笑道：「不是有人賣藝，而是將我們的風俗帶到這裡來，成為南城最動人的遊戲，有心的男女，會到兩道主河交叉點的四子橋，看中對方後，便以歌唱的形式先大讚對方的美貌、服飾，被看中的一方如亦有意，會進行對唱，還可以互問互答，非常好玩。」

龍鷹記起當年落難，與花間女和明惠、明心到苗寨借宿一宵的情景，便聽到男女對唱情歌。塞外民族都是性情率直、誠懇、熱情和樂天，故形成這類與漢人的含蓄大異其趣的風俗。

三人邊走邊說，街上人來人往，不知多麼熱鬧。你避我，我避你，避不過時會輕輕碰撞，沒有人會因此不悅，若是姑娘家，還贈你一個笑容，像不知多麼愛給你碰著。

中土的城市，塞外的風格。

復眞探手搭著龍鷹肩頭道：「范爺有福了！十二天後這裡舉行盛大的『姑娘追』競技，包保好玩。最精采的是幫規對此網開一面，只要女方沒有懷孕，就沒有逼婚的煩惱。這麼樣的機會，每年只得兩次。」

龍鷹心忖，如果不同民族能和平相處，相親相愛，是多麼好呢？道：「竟有這麼便宜的事？」

羌赤道：「遊戲很簡單，男女騎馬向指定目標並轡而行，路上男的向女的盡情傾吐，可說俏皮話，甚至以言語調戲輕薄，女的縱然不願聽，亦只能默默忍受，直至抵達指定的地點。」

復眞插入道：「最精采的時刻到了，在折回的路上，女的有權懲罰，用皮鞭追打男的。這時，男的只能躲逃，不能還手，形成男的落荒而逃，女的揚鞭緊追的精采場面，那時千萬人一起吶喊，各爲自己的一方打氣。哈！如果只是輕輕在屁股抽兩下，不用我說出來，范爺也該明白是甚麼意思。」

龍鷹大感有趣，他個性宜動宜靜，玩起來比任何人都有勁力活力，當年曾和奚人在船上唱歌跳舞。道：「如何指定對手呢？」

羌赤道：「那就看誰來參加，屆時男的聚在東山，女的聚在西山，只要你夠膽出來叫陣，必有人出來應戰，每次可容二十對男女一起比賽，那種瘋了般的熱鬧，想想都教人熱血沸騰。」

復眞笑道：「我好像從未見過你站出去叫陣。」

羌赤現出高深莫測的笑意，從容道：「今次你走著瞧吧！」

龍鷹和復眞忍不住放聲大笑，三人間友情洋溢。

復眞放開龍鷹，指著對街道：「看！那就是我族男人的勝地風月樓哩！從沒有進去的人，是沒喝醉的走出來。」

羌赤皺起眉頭，似有心事。

龍鷹何等機靈，道：「今晚和以後的所有花費，全包在小弟身上。」

復眞和羌赤同聲歡呼。

龍鷹早注意到對面的宏偉樓房，三人越過車馬道，正要從聚滿了人的四子橋的其中一橋，到主河的對面去，剛抵橋階，已給人攔住去路。

第十八章　青樓真愛

一個體型雄偉的年輕武士，兩臂交叉在胸，穩如山嶽般攔著三人去路，有種旁若無人的狂傲。他不算英俊，但自然而然有種非凡的氣魄，或許是因濃密眉毛下那雙銳如利刃的眼睛。

復眞首先立定，臉色不自然起來。

羌赤則眉頭大皺，出言警告道：「我們奉寬公之命，陪貴賓遊玩，不論夫羅什你有甚麼要事，留待異日再說。」

龍鷹一眼看破對方是一等一的高手，壇數該比兩人高，且靠山很硬，令羌赤不得不抬出寬玉來壓他。照道理，寬玉已是第二把交椅的人物，除非夫羅什有小可汗在背後撐他的腰，否則此時好該收手。

豈知夫羅什冷哼一聲，先不屑的瞪龍鷹一眼，道：「這是我和復眞兩人間的事，與寬公又或甚麼貴賓沒有絲毫關係，何況我說完即走，不愛聽的到一旁去。」

羌赤見他如此盛氣凌人，也沉不住氣，色變道：「你太過分了！」

夫羅什道：「過分又如何？我和你雖統屬不同，但你想代復眞出頭，可在月會上越壇來挑戰我，否則給本座閉嘴。哼！連寬公見到我都客客氣氣的，何時輪到你來教訓我？這是以下犯上。」

復眞低聲下氣道：「過了今夜，我……」

夫羅什截斷他道：「你算甚麼東西，根本沒有和本座說話的資格，一句話，由今晚開始，不准你踏足風月樓半步，聽清楚……」

龍鷹截斷他道：「閉嘴！」

夫羅什失聲道：「你叫誰閉嘴？」

龍鷹好整以暇的道：「當然是叫你閉嘴，難道叫自家的兄弟或自己閉嘴嗎？你奶奶的熊，出來行走江湖，首先要摸清楚對方的底細，看自己有沒有惹得起對方的資格。現在你不理面對的是何方神聖，亂攪一通，已犯了江湖大忌。」

夫羅什氣得臉色發青，雙目凶光大盛，盯著他，問的卻是羌赤，道：「這小子是寬公的甚麼人？」

龍鷹打出阻止羌赤說話的手勢，道：「儘管動手，不用理會我是甚麼人，本以爲你尚可勉強擋我十招八式，可是見你這麼容易動氣，才知根本未入流。老子該可在三招之內，轟你下河。」

聚集四子橋大唱情歌的數十個小夥子和姑娘，終於察覺到這邊劍拔弩張般的氣氛，惟恐天下不亂的湧過來看熱鬧。

夫羅什顯然對寬玉尚餘少許顧忌，臉色陰晴不定，心內猶豫難決。

龍鷹心忖大江聯該有禁止私鬥一類的規條，只能在月會比武切磋，屆時上級不可向下級挑戰，低壇數的則可越級向高壇數者求教。不耐煩的道：「不敢動手便給老子滾開，勿要阻住我們三兄弟到風月樓去。」

夫羅什終於失去自制力，冷喝一聲，沉腰坐馬，再沒有絲毫浮躁之氣，一拳往龍鷹轟來。

圍觀的年輕男女，齊聲叫好，喧嘩代替了情歌，迴蕩四橋。

行家一出手，便知有沒有。

此拳看似簡單直接，事實上卻是暗藏妙著，勢蓄而不發，不變裡暗含變化，最厲害是此子已初窺先天眞氣的堂奧，一般高手遇上他，縱然在招數上與他所差無幾，在眞氣硬拚下也要吃大虧。

難怪他如此驕傲自負。

龍鷹兩肩外探，反手向後，做出阻止兩人插手的姿態，登時惹得姑娘們齊聲駭叫，她們都清楚夫羅什是甚麼人，見龍鷹不謀應付之法，反去做些無謂的動作，當然令人爲他擔心。

倏地一股陰寒之氣，以夫羅什的拳頭爲中心擴散，龍鷹全身獵獵飄揚，被他的拳勁鎖緊鎖死。

復眞和羌赤吃不住氣勁，往兩旁退開，更添夫羅什的威勢。此時的他像變成另一個人般，晉入一流高手空而不空的境界。

正當人人在預期龍鷹將給夫羅什不知一拳轟到哪裡去的時候，夫羅什卻是唯一曉得自己處境不妙的人。

他見龍鷹嘴皮子這般硬，已不敢託大，在拳頭擊實對方前，暗施奇招，連續三次吐出拳勁，直撞龍鷹空門大露的胸膛，豈知拳勁如泥牛入海，一去無蹤，連搖晃對方也辦不到。

龍鷹心中好笑，夫羅什該是出自名師的高徒，但如論實戰，確是喝過的酒多過他飲的羊奶。夫羅什的問題是怕一拳將他轟斃，難以向寬玉交代，所以處處留手，又諸般試探。假如他是全力一拳擊來，龍鷹只好來個見招拆招，須費一番工夫，方可收拾此子。

現在龍鷹藉著衣衫拂動，以卸訣化去襲體的拳勁。

此時夫羅什招式已老，聰明的是立即抽身後撤，重整陣腳，但以他的心高氣傲，怎肯在百多人眼睜睜下，做這麼丟臉的事？

「轟！」

夫羅什擊中龍鷹。勁氣爆響。

就在拳頭抵達前的剎那，龍鷹動了，動作快至大部分人看不清楚。他純憑腰力往側扭轉，肩胛迅疾無倫地猛撞對方拳頭，用的是吸卸的魔功，下側右腳橫撐，關節像裝上了彈簧般，超越了人體的靈活度，快如電閃，動作輕鬆瀟灑，爽脆好看，似表演多於動粗。

夫羅什駭然發覺所餘無幾的拳勁不但沒命中敵人，還往外卸洩，且給對方的怪異力道，帶得欲往前仆去，嚇得連忙抽拳後撤，本應主動去做的事變成不得不這般做，高下自有天淵之別。他亦算了得，另一手勉力運勁，下封龍鷹撐來的一腳。

「砰」的一聲，夫羅什撮指成刀，勉強及時切中龍鷹的飛腳，一股後勁連綿，仿如大江之水的雄沛勁氣滔滔而來，夫羅什應腳往後拋飛，宛如全無自主權的布偶般，直掉往主河去。

如此結果，包括曉得他是范輕舟的羌赤和復眞在內，是所有人事前沒想到的。

不可一世的夫羅什，竟然在一個照面下，栽到了家。

「噗通！」

圍觀者發出震天采聲，可見夫羅什如何不得人心，好事者齊湧往岸邊橋上，好看他掉往水裡的狼狽樣子。

經此一鬧，連復眞也失去了到風月樓的興致，匆匆離開南城。

在返家途上，龍鷹問道：「這小子是誰？」

羌赤道：「我不知他可否算是小可汗的徒弟，只知他是小可汗一手訓練出來的幾個人之一，而這批人中，以他最不懂收斂，橫行霸道，剛才的情況，范爺親眼見到哩！」

復眞興奮的道：「寬公早說過范爺實力強橫，但做夢也未想過厲害至此，不要說三招，竟一招都擋不住。」

龍鷹訝道：「你不怕夫羅什被我公然羞辱後，回去向小可汗哭訴，會爲你帶來後果嗎？」

復眞冷哼道：「他怎敢讓小可汗知道？我們這裡是嚴禁私鬥的，我們有寬公護著，更不會怕他。」

龍鷹豎起拇指，讚道：「好漢子！」

羌赤哂道：「好漢子是范爺才對。不過夫羅什確是欺人太甚，他雖在壇數上高過我們，可是幫規早有明令，入城玩樂人人平等，只要付得起錢，便可到風月樓去享受，哪輪得到他干涉。」

復眞道：「這代表翠翠的心是向著我的。」

龍鷹道：「究竟是怎麼一回事，讓我看有沒有辦法幫你的忙？」

羌赤代答道：「翠翠是風月樓著名的美女，性格溫婉，能歌善舞，確令人喜愛，拜倒於她裙下者大不乏人。復眞這小子一年前到風月樓去，一見她立即著迷，弄得神魂顛倒，每個月辛辛苦苦賺回來的錢，盡往風月樓擲，弄得自己一貧如洗，差點連兵器都拿去進貢給押店的朝奉。今次我們招呼范爺，開支可向寬公報銷，所以這小子今晚才力主到風月樓去。」

龍鷹大奇道：「這裡的青樓，不是有錢便可以一親香澤嗎？」

羌赤解釋道：「這裡的青樓分兩種，一種是賣藝不賣身，一種是肯付錢便可要姑娘陪夜。在南城，屬前一種的只有三間，風月樓是其中之一。」

龍鷹嚷道：「眞的想不到。」

羌赤道：「據說這是湘夫人想出來的主意，最妙的是不賣身卻可讓你爲她贖身，只要姑娘她肯點頭。不過說也奇怪，這小子告訴我時我也不相信，直到給這小子硬扯到風月樓去，看到他和翠翠相處的情景，也感到翠翠對他是另眼相看。」

龍鷹道：「翠翠肯任他親熱嗎？」

羌赤道：「恰好相反，這小子見到翠翠，立即變得目不斜視，規行矩步，連她的手都不敢碰。反是翠翠不時主動親近他，對他非常依戀。」

龍鷹心中明白，翠翠愛上復眞的原因，是因感覺到復眞對她的眞誠，更希望可以覓得好歸宿，脫離火坑。不用調查也知她們是被買回來的女子，失去了自主和自由。心中也不由佩服小可汗保持手下士氣的手段，這裡再不是一個幫會的秘密巢穴，而是夢想裡的王國。

復眞道：「前晚我去找翠翠，她推掉其他客人，只陪我一個，而夫羅什正是被她拒之於門外者之一，聽說他當時大發脾氣，只是無可奈何吧！」

龍鷹大奇道：「風月樓的老闆不怕開罪他嗎？」

復眞道：「風月樓的老闆花俏娘本來是湘夫人的婢子，被湘夫人一手提拔，且是六鎭之一容破的秘密情婦，後臺硬得不能再硬，怎會放他在眼內？哼！一切依規矩辦事。」

龍鷹問道：「贖身需多少錢？」

復眞道：「花俏娘已正式給我開價，是二十兩黃金。唉！我不吃不用兩年，方有可能儲這麼多錢。」

龍鷹道：「我給你可以嗎？」

羌赤道：「對於餽贈或借貸，我們有非常嚴格的規條，逾越者輕則鞭笞，重則斬首，所以沒有人敢犯禁。不是不可以，但必須先得到刑事鎮批准。」

龍鷹頭痛道：「那豈非沒有辦法嗎？」

復眞道：「我們是賞罰分明，每升一壇，不但餉銀大增，其他福利亦有增加。除每月的糧餉外，還有其他賺錢的方法，例如參加壇外的特別行動，不論成敗都有賞賜，成功當然酬勞優厚，失敗的也聊勝於無。表現突出者，亦有賞賜，像那小子所說般，如果羌赤越級挑戰勝利，過一壇，可得黃金二兩，越兩壇是四兩，但越三壇卻是八兩，以倍數增加。」

龍鷹問道：「那小子是多少壇？」

羌赤道：「夫羅什是兵事鎮鎮主之下三大堂口之一水師堂的堂主，身居六壇，比我們的職位高多了，復眞雖然日夜苦練，但想在短時間內贏他，是沒有可能的。你可以進步，別人也會進步。」

龍鷹道：「花俏娘開出的贖身盤口，可維持多久？」

三人到達了抵飛霞下閣前的最後一道橋，接著就是往上的斜坡路，他們停下來，繼續商議爲翠翠贖身的大計。

復眞道：「這年來我參加過兩次特別行動，賺得三兩黃金，加上老爹留給我的兩個金錠，交給花俏娘作贖身的訂金，只要我能在過年前，交齊其他十五兩金，可大鑼大鼓的娶翠翠回家。唉！」

龍鷹道：「那豈非是翠翠同意你為她贖身嗎？」

復眞兩眼紅起來，頹然道：「她對我有很大的期望，怎知我這麼不爭氣！」

龍鷹道：「夫羅什有沒有壇數比他低一點的狐群狗黨？」

羌赤答道：「這樣的人，至少有五至六個，我們曉得范爺在動甚麼念頭，復眞也有這個想法，但最怕是夫羅什公報私仇，私下訓練二壇級的心腹來挑戰復眞，如被連敗三次，復眞便要降壇，我也怕不能免禍。」

龍鷹心忖這招眞絕，令人人勤修武技，否則哪來顏面做人?道：「既然私下訓練沒有違法，便由小弟來訓練兩位大哥，不是我誇口，保證萬無一失。」

兩人連忙謙讓不敢當「大哥」之稱，龍鷹也糊塗起來，自己到這裡來，是要覆滅大江聯，竟會變成訓練敵人。

復眞頓然變成另一個人，雙目射出堅決神色，鬥志旺盛。

龍鷹道：「明晚我們到風月樓去，再好好商量大計。」

羌赤道：「我們何時開始受訓？」

龍鷹道：「此事必須秘密進行，一有機會便練習。現在我先將一股眞氣注進兩位經脈內，這個練習是要學懂『以意馭氣』的法門，先是順氣而行，三十六周天後，要令此氣由順轉逆，至於如何辦到，須由你們自己去摸索，當眞氣完全被氣脈吸收，算是過了第一關。」

復眞咋舌道：「如此練功的方式，聽都未聽過！」

羌赤道：「此事可否告訴寬公呢？」

龍鷹道：「當然可以，還要主動告訴他，讓他親手檢查你們體內之氣，如此方可得到他在背後支持。好哩！我要爲你們注入眞氣了。」

龍鷹一覺醒來，天已大白。

一時間，他還以爲仍身在神都，到嗅到從洞庭湖吹來帶點濕潤的湖風，方記起寄身於大江聯的總壇內。

今天面對的，是怎麼樣的人生呢？正因有種種不同的可能性，也代表著不同的人生。最惡劣的一種，就是被識破是龍鷹，那今晚不單沒法到風月樓去，還要殺出重圍。

康康來了，伺候他起床梳洗。

龍鷹道：「今晚我或許很晚才回來。」

康康幽幽道：「范爺這麼快便對我們兩姐妹的身體失去興趣嗎？昨夜亦沒有和我們睡。」

龍鷹暗忖塞外女郎確是坦白直接，不兜圈子，伸手摸了她幾把，又親又哄，哄得康康熱烈反應時，神色帶點慌張的惠子進來道：「湘夫人來了，在外堂等候范爺。」

龍鷹心中打了個突兀，暗呼不妙，本約好由羌赤和復眞來接他，現在改由湘夫人，該是兩人被截著，可見情況已朝最惡劣的方向發展。

此時的他只有一個念頭。

溜？還是不溜？

《日月當空》卷十五終

新人間177

日月當空〈卷十五〉

作　者—黃易
主　編—嘉世強
編　輯—邱淑鈴
執行企劃—林貞嫻
校　對—陳錦生、邱淑鈴、黃易
董事長
發行人—孫思照
總經理—趙政岷
出版者—時報文化出版企業股份有限公司
10803台北市和平西路三段二四〇號三樓
發行專線—（〇二）二三〇六—六八四二
讀者服務專線—〇八〇〇—二三一—七〇五
（〇二）二三〇四—七一〇三
讀者服務傳真—（〇二）二三〇四—六八五八
郵撥—一九三四四七二四時報文化出版公司
信箱—台北郵政七九～九九信箱
時報悅讀網—http://www.readingtimes.com.tw
電子郵件信箱—liter@readingtimes.com.tw
法律顧問—理律法律事務所　陳長文律師、李念祖律師
印　刷—鴻嘉彩藝印刷股份有限公司
初版一刷—二〇一四年一月一日
定　價—新台幣二二〇元

國家圖書館出版品預行編目（CIP）資料

日月當空 / 黃易著. -- 初版. -- 臺北市：時報文化, 2012.11-
冊；　公分. --（新人間；163-）

ISBN 978-957-13-5874-1（卷15：平裝）

857.9　　101021080

ISBN 978-957-13-5874-1
Printed in Taiwan